プロローグ

初めて足を踏み入れる高級ホテルのエントランスを眺めて、私は息を呑んだ。

しっとりと落ち着いた雰囲気の中、天井のアートワークがキラキラと輝いている。

わぁ……素敵。

こんな場所に来るなんて、友達の結婚式以来だ。

淡いピンクのワンピースに身を包んだ私は、慣れないヒールの音を響かせ、会場へ急ぐ。

――LOVENT《ラヴェント》パーティ会場。

そう書かれたホールを見つけると、「よし」と気合を入れて中へ入った。

そこは、結婚相談所LOVENTに入会した人だけが参加できる婚活パーティの会場だ。

二十七歳になったし、私もそろそろ結婚したいなーなんていう軽い思いで参加することにしたのだけど、想像以上にたくさんの人がいて驚いた。

最近は晩婚化が進んだり、自立した女性が増えたりしたこともあり、独身の人が多いとニュースでよく耳にする。

確かに結婚だけが幸せじゃないし、結婚がゴールだとも思わない。

だけど私は、やっぱり家庭というものに憧れるし、できれば子どもも欲しい。

きっとここにいる人たちは、私と同じような志《こころざし》を持っているんだろうな、と少し心強く思った。

パーティは立食形式で、テーブルには美味《おい》しそうな料理がいくつも並んでいる。それを目にした私は、ゆっくりと食事を楽しんでいる場合ではないとは分かりつつも、お皿に取って食べ始めてしまった。

「ん〜、美味《おい》しい」

近くを通った男性ウェイターからシャンパングラスを貰って、出会いそっちのけで舌つづみを打つ。

……って、こんなことをしている場合じゃないでしょ、私！

今日はわざわざ美容院でヘアセットをしてもらったし、最新のメイクを施《ほどこ》すために百貨店で道具一式揃えてメイクレッスンもしてもらったじゃない。

花より団子になってどうするの！

そう思いながらも、ローストビーフをはむっと頬張った。


私、田中琴美《たなかことみ》、二十七歳、彼氏ナシ——は、ベビー用品メーカー、ラブベビチルドレン株式会社の品質管理部に勤めている。

平々凡々で目立つことなく、逆に地味すぎて周囲から浮くということもない、穏やかな毎日を過ごしているOLだ。

仕事は華やかではないものの、充実しているしやりがいを感じている。

残業はあるけれど、プライベートな時間がないわけじゃないし、大好きなカフェめぐりもできていて、大きな不満はない。

ただ、恋愛は昔から苦手で、今まで付き合った男性の人数は一人。

大学生のときに付き合い始めたその彼には、数カ月で『ごめん、他に好きな子ができた』とあっさりフラれてしまった。

もっとも彼は、周りが羨《うらや》むくらいのイケメンで、どうして私なんかと付き合ってくれるのだろうと不思議に思っていたくらいだ。

当然、告白されたときは、「騙《だま》されてる？」「ドッキリなんじゃないの？」と疑った。

そう、疑ったのだ。……疑っていたのだけれど、素敵な彼に舞い上がり、ハピネス状態になったところで急降下。

結局、「騙《だま》されてる？」の予感が的中した。どうやら男性経験のない女性を何人落とせるか、友人の中で競い合っていたみたいだった。経験値ゼロの私は、まんまとその罠に引っかかってしまったという散々な思い出だ。

短期間でもあんなイケメンと付き合えたならよかったじゃないか、と友達からは慰《なぐさ》められたけれど、当時の私は傷心のあまりワンワンと泣いて引きこもった。

そして心に固く誓う。

——二度とイケメンは信用しない、と。

そんな私は、今日ここに平凡でも誠実な男性を見つけるために来た。

会場のライトに照らされて、手にしたシャンパングラスの中の気泡がキラキラと輝く。すごく綺麗だなと見とれていると、背後から声をかけられた。

「久しぶり、田中琴美さん」

え？

低くて落ち着きのある声色にフルネームを呼ばれ、驚きのあまりグラスを床に落としそうになる。

えっと、えっと……

……何が起こっているのか理解するまでに時間がかかった。

私の前に現れたその男性は、長身ですらっとしたモデルのような体型をしており、嫌味なほどスーツが似合っている。

男らしい顔立ちでありながら、にこっと微笑む様《さま》は少年っぽくて可愛らしい。

どこからどう見ても素敵だけど、私は彼を一目見て顔が引きつり、金縛りに遭ったように動けなくなった。

「どうして君がこんなところにいるのかな？」

「……あの、え、っと……」

目の前の男性の名は、青山蒼汰《あおやまそうた》。三十二歳でラブベビチルドレン関西支社のマーケティング部長だ。

本社に勤める私とは、オフィスも部署も違うのだけど、二年前まで彼は本社の同じフロアで働いていて毎日顔を合わせていた。

そのときに、ちょっといろいろあって……

とにかく彼は、青山蒼汰という名を具現化したような爽《さわ》やかなイケメン。それゆえ、私のとても苦手とする類《たぐい》の人……

そして、絶対に再会したくない相手なのだ。

「確か、恋人ができた、と聞いていたんだけど？」

「え、ええ……」

「それから、ゆくゆくは結婚するとも」

ううう……

彼に問い詰められて、言葉が返せなくなる。

私は以前、青山さんに告白され、「好きな人がいる」と言って断ったことがあるのだ。それからその人と結婚を考えている、とも。

「まさか、嘘だったの？」

「い、いいえ……そんな……」

「でもおかしいよね。こんなところにいるってことは、今、フリーってことでしょ？」

婚活パーティに参加しているのだから、必然的にそうなる。言い逃れはできない。

「……そ、それよりも！　なぜ、青山さんがここに？　関西支社勤務ですよね？」

「うん、本社に戻ってくることになってね」

「そう……なんですか……」

ということは、また同じオフィスで働くことになるのか。思わず、顔をしかめる。

「あからさまに嫌そうにしないでくれる？」

「い、いいえ！　そんなことは！」

そうだ、別に嫌なわけじゃない。

青山さんは優しい上司で、すごく仕事ができるし、彼がいると会社が明るく華やかになる。

まだ業界に参入したばかりで、大手メーカーに負けないようにと頑張っているうちの会社に、ベビー用品最大手メーカーのビジョルからわざわざ転職してきた、ありがたい人だ。

彼が来てからというもの、業績が著《いちじる》しく伸び、ブランドの知名度が一気に上がった。

大手に勤めていた経験を活かしつつも、大手ブランドではできないような企画を立てたり、お客様からの声を積極的に商品に反映したり。安全面でも価格面でも評価の高い商品を次々と開発し、うちの会社を軌道に乗せた人物だ。

そんな青山さんのことを心から尊敬しているし、嫌いなわけがない。

けれど……

彼は私の最も苦手とするイケメンという部類に属している男性なのだ。

こんな格好いい男性を裸眼で見るなんて、キケンだ。メガネで防御力をアップしなければ！

私は激しく動揺しながら、バッグの中から伊達《だて》メガネを取り出して装着した。

なぜか青山さんは、昔から必要以上に女性に気を持たせるような態度を取ることが多い。そして、そんな彼とはいろいろありすぎて、気まずいどころの関係ではないのだ。

どうしよう、これは史上最大のピンチかもしれない。

波乱の予感を覚えつつも、とりあえず苦笑いをした。

1

遡《さかのぼ》ること、二年前――

当時二十五歳だった私は、社会人三年目である程度仕事にも慣れ、毎日楽しく会社で過ごしていた。

「田中さん、このチャイルドシートの検査はもう終わってる？」

品質管理部長から声をかけられ、私はパソコンから目を離し、部長に向き直る。

「はい、終わっています。私と上野《うえの》さん、山口《やまぐち》さんの三人でチェックしました。特に大きな問題はありませんでした」

「そう、ありがとう。じゃあ、工場にメールしておいてくれる？」

「はい」

私は新モデルのチャイルドシートの品質チェックが済んだことを工場に知らせる。

私たち品質管理部は、製品の品質や安全性をチェックしたり、ユーザー様と直接やり取りをして改善点を検討したりする部署だ。

特に商品に不具合があってはならないので、何度も何度も厳しく検査を行う。

もともと私は心配性だから、しつこいくらい確認するのは得意。入念にチェックをしすぎて先輩たちに呆れられることもしばしばあった。

でも、それくらいでちょうどいいと思っている。だって赤ちゃんって家族にとって本当に大事な存在なのだ。絶対に何かあってはいけない。

工場へのメールを確認して、これで完了だとホッと一息ついていると、オフィスの入り口から声がした。

「お疲れさまです！」

ハツラツとした声だ。

同じフロアを使っているマーケティング部の青山さんが外回りから帰ってきたのだとわかり、私は顔を上げた。

彼は二年前に大手ベビー用品メーカーからうちの会社にやってきた男性。人一倍元気でテキパキと仕事をこなし、毎日忙しいはずなのにすごく楽しそう。

この仕事が本当に好きなんだろうな、と見ていて気持ちがいい。

コミュニケーション能力にも長《た》け、どの社員にも分け隔《へだ》てなく接し、誰からも好かれている。

私みたいな地味な社員にまで笑顔で話しかけてくれる、そんな素敵な人……なのだけど、私的には、あまりかかわりたくないと思っている。

イケメンが苦手な私にはなんだか眩《まぶ》しすぎて、近寄られるとどうしていいか分からなくなるのだ。

遠くから見ているほうが安全というか、なんというか。

パソコンに隠れながら青山さんをこっそりと見ていると、バチッと目が合ってしまった。

……げっ！

急いでパソコンに隠れたものの、時すでに遅し。

「田中さん。この前の指摘どうもありがとう。抱っこ紐《ひも》の新カタログにさっそく反映しておいたよ」

「……そうですか、それはよかったです」

そっけなく答えたのに、青山さんがこちらに近寄ってきた。爽《さわ》やかな笑顔を向けられた私は、さっと視線から逃れるように俯《うつむ》く。

別にわざわざ個別にお礼を言われるようなことはしていない。

先日マーケティング部から新しいカタログのサンプルを貰ったところ、抱っこ紐《ひも》の説明の中にもう少し書き方を変えればいいのにと思う箇所があった。

私たち品質管理部はユーザー様と直接やり取りをすることが多いので、「こうだったらいいのに」とか「こういうのが欲しい」という声をよく耳にする。

なので、キャッチコピーを変えたほうがよりお客様に興味を持ってもらえるのではないか、と思ったことをちょっと口にしただけなのだ。

しかも彼ではなく違う人に伝えたのに、こうして青山さんからお礼を言われるなんて。女性社員たちの視線がこちらに集中して気まずい。

「田中さんって、いつも鋭い指摘をしてくれるから助かってる。さすがだね」

「……いいえ」

ブルーライトカットのメガネをくいっと押し上げて、私は俯《うつむ》いたまま彼から顔を逸らす。

ああ、もう。早く向こうに行ってくれないかな……

青山さんは苦手だ。とにかく格好よすぎる。

意識してやっているのか、そうでないのか分からないけれど、こんなふうに優しく微笑んだり、「気が利くね」なんて褒めたりされたら、大抵の女性はキュンとトキメくだろう。

私はイケメンバリアーを張っているので彼の攻撃は効かないものの、実際にこの会社では彼を好きだと言っている女性も多い。

どうせだったら、この優しさを私に向けるのではなく、彼女たちに向けてほしい。

そう祈っていたのに、さらに話しかけられた。

「ねえ、そのメガネ、度が入ってる？」

「へぇっ⁉」

急に予期せぬことを聞かれて、私は思わず間抜けな声を出してしまった。

青山さんは私の顎《あご》に手を添えて顔を上げさせる。そして指でブリッジ部分を持って、ひょい、とメガネを取り上げた。

一体何が起きたのかと私は口をあんぐり開けたまま、彼の顔を見つめる。

「入ってない。やっぱりそうだよね。後ろから見たとき、景色が歪んでなかったから」

ど、どどどど！　どこからどうツッコんだらいいのか分からない。

どうして私が、顎《あご》クイをされているの？

そして、私のメガネのレンズを背後から見ていたって、なんで？

何がなんだか分からなくて、ただただ混乱中！

私は視力がよくてメガネなんて必要ないが、あまりにも青山さんが眩《まぶ》しいからプロテクターとしてかけていたのだ。それが、こんな簡単に外されてしまうなんて。

ふと彼の秀麗な顔が近づいてきていることに驚いて、呼吸を忘れる。

「メガネをしていると聡明な女性に見えるけれど、外すとあどけなくて可愛いんだね」

「なっ、な⁉」

あなたは一体、私をどうしたいの！

メガネを外されてしまって防御力ゼロの私は、モロに彼の言葉責めを受けてしまった。

あまりの攻撃力に耐えきれなくなり、彼の手からメガネを取って覚束《おぼつか》ない手つきでかけ直す。

「や、やめてください！」

「ごめん、つい」

あまりにも必死に奪い返したからか、青山さんは申し訳なさそうな表情で私を見つめている。

そうですよ、申し訳なく思ってください、急にこんなことをされたら困ります‼

せっかく平凡に生きているというのに‼

「田中さん、ごめんね」

ううう〜っ。そう思っているなら、早く私から離れてください。

再び視線を外して俯《うつむ》いていると、彼はやっと私から離れていってくれた。

周囲の視線が痛い。大きな声を上げてしまったので、何事かとこちらを見ていたのだろう。

女性社員たちの眼差《まなざ》しには羨望《せんぼう》と嫉妬《しっと》が混ざっている気がする。

別にこれは嬉しい出来事でもなんでもないんだから。私にとってはとても迷惑なことなんです！

無駄だと知りつつも声に出さずに言い訳する。

それにしても、青山さんは離れていったのに、まだ胸のドキドキが止まらない。

しっかりしろ、琴美！　もうイケメンに近寄ってはいけない。絶対に！


それから数日後、青山さんの転勤が発表された。関西支社のマーケティング部部長に昇格するそうだ。

これで不必要に構われることはなくなるのだとホッとしたのと同時に、少し寂しい気持ちも感じる。

青山さんがうちの会社に来てから社内の雰囲気が一気に明るくなって、親睦会と称した飲み会が頻繁に開かれるまでになった。

そのおかげで、社員の間に信頼関係ができて仕事が円滑に運ぶようになっている。

いつも皆の中心で場を盛り上げていた青山さんがいなくなるのを残念に思う気持ちもあるのだ。

まだ実感が湧かないなー、なんて考えていると、青山さんから急に名前を呼ばれた。

「田中さん。俺の送別会、絶対出席してね」

「え!?　げほっ……ごほごほ！」

突然の呼びかけにむせてしまう。ぶわっと汗が噴き出て、顔が熱い。絶対に赤くなっているはずだ。

「青山さん、なんで田中さんをご指名なんですか～？」

私が返事をする前に、青山さんの隣にいた男性社員が冷やかすように彼を肘《ひじ》でつんつんとつついた。すると青山さんがにこっと私に視線を送ってくる。

「田中さん、飲み会にあまり来てくれないから。最後くらい参加してほしいなと思って」

「だってー、田中さん！　青山さんから直々《じきじき》のご指名だから、参加でいいよね？」

なんでそんなこと言うかなぁ！　皆の前で言われたら断れなくなるじゃない。

あわあわしながらも、無言で頷く。

「よかった」

もう、なんなの、その嬉しそうな顔は。

こうやって気を持たせるようなことをされたら、好かれてるんじゃないかと錯覚しそうになる。

大方、青山さんは、飲み会参加率の低いレアキャラを誘えて喜んでいるだけなのだろう。それ以上でもそれ以下でもない。

こんな思わせぶりな彼の態度に振り回されるのも、これで最後だ。

断るチャンスもなさそうだし、最後くらい参加しておいてもいいかな、と私は送別会の参加を決めた。

そして青山さんの送別会、当日。

場所は会社の近くにあるイタリアンレストランに決まっていた。

カジュアルな雰囲気で、美味《おい》しいのにお値段はリーズナブルなお店だ。

外観は赤と白のレンガを組み合わせた可愛らしいデザイン。店内も家庭的で温かみがあって、なんだか懐かしい感じがする。

本格的なパスタやピザ、チーズフォンデュの他に、サラダバーもあってフレッシュな野菜が食べ放題。その上デザートもケーキやムース、タルト、パンナコッタなど、好きなドルチェが選べるコースを頼んだそうだ。

ああ、今から楽しみ。

いつもは、ダークカラーのカーディガンにパンツ、もしくはひざ下くらいのスカートという地味めな格好の私だけど、今日は素敵なお店に入っても恥ずかしくないように少しだけオシャレしてきた。

別に青山さんの送別会だから気合を入れたというわけではない。

とろみのある白いシャツにミモレ丈のスカート。

これならそこまで派手でもないし、ちょうどいい感じなはず。

ところが、朝から青山さんの視線をビンビンキャッチして、なんだか居心地が悪い。似合っていないと思われているのか、いつもと違うから変だと思われているのか。

あまりジロジロ見ないでほしいのだけど、そんなことは言えず、気まずいまま就業時間をやり過ごした。

「じゃあ、青山さん、お疲れさまです！　関西支社でも頑張ってください！　かんぱーい」

やっと仕事が終わり、始まった送別会。

隅の席に座るつもりだったのに、店に入るなり青山さんから「田中さんはここね」と、お呼びをかけられた。なんと私の席は彼の隣になってしまう。

なぜ……っ⁉

私は品質管理部の方たちと静かに食事を楽しみたかったのに！

私の周りには青山さんと上層部の方々、それからマーケティング部の男性たちがずらっと座っている。そして、私が一番若手なので、料理の取り分けに追われた。

「田中さん！　サラダを取ってください。お願いしまーす」

「あ、はい」

「深田《ふかだ》さん、ズルいです。僕のもお願い」

「は……はい」

マーケティング部の深田さんに声をかけられると、すかさず青山さんも頼んでくる。二人のお皿を預かって、私は目の前にある木製のサラダボールから野菜を取り分けた。

「ねえ、田中さんが奥さんだったら、こうしていつも取り分けてもらえるのかな？」

また青山さんが変なことを言い出した。

ドキ！　じゃなくて、ギクッ。

私は体を強張《こわば》らせる。

「青山さん、そういうの、セクハラになりますよ」

「ええ？　そうかー。それはいけないな」

深田さんにツッコまれた青山さんは、はは、と困ったように微笑んだ。

確かに他の男性が女性社員に言うとセクハラだととられかねないセリフだけど、青山さんだと不思議と嫌悪感を抱かせない。

イケメンってこういうとき、ズルいよね。

私ですら、「嫌だ、放っておいて！」と思うのと同時に、心の奥のほうでは嬉しく感じている。

そんな気持ちを悟られないように、私は平静を装《よそお》った。ああ、つくづく素直じゃないな。

私の隣で美味《おい》しそうにご飯を食べ、ワインを飲んでいる青山さんをちらりと見る。「もうこれからは会えないんだな」と感傷的になってしまった。

青山さんはワインボトルを私に向けてくる。

「はい、どうぞ。ワイン美味《おい》しいよ」

「どう……も」

青山さんから赤ワインを注がれた。あまりワインは飲んだことがなかったけれど、彼に勧められるがままグラスを口に運ぶ。

芳醇《ほうじゅん》な香りに誘われ、何度も口に含んでしまう。

「どう？　飲めそう？」

「はい。私、ワインってあまり飲んだことがなかったんですけど、美味《おい》しいですね」

「よかった」

勧められるだけワインを飲み、目の前の美味《おい》しい料理を堪能《たんのう》していると、なんだかふわふわと心地よくなってきた。

隣にいるはずの青山さんの声が遠く感じられ、周囲の声もハウリングしているみたいだ。

ああ、楽しい。このままずーっと、ふわふわしていたい。気持ちいいな……

一次会は二時間程度でお開きとなり、そのまま二次会へ行く流れになった。

明日は土曜日で休みだし、「青山さんの歌が聞きたい～」という女性社員からの要望で、二次会はカラオケに決まる。

いつもなら絶対に一次会で帰るのだけど、今日は青山さんに腕を掴まれて帰らせてもらえず、私も二次会に行くことになってしまった。

カラオケルームに入り、青山さんの歌っている姿をぼうっと見る。イケメンな上に歌までうまいのかぁ、と感心していると、深田さんが隣にやってきた。

「田中さん、大丈夫？　もしかして青山が異動になるから、ヤケ酒しちゃったクチ？　結構ショック受けている女子、多いからなぁ」

「違いますよ～。私はそんなんじゃありませんから」

「はは、まぁ、隠さなくても……」

「ほんとに、違うんれす！」

そんなわけないじゃない。私は青山さんのことなんて、全く――

「二人で何を話してるの？」

「おお、青山」

歌い終わった青山さんが、私と深田さんの傍《そば》にやってきた。そしてさりげなく私の隣の席に座り、ぴったりとくっついてくる。……これはなんの嫌がらせなのかな？

「すごく仲よさそうに見えたけど、何を話していたんだ？」

「大した話じゃ……」

深田さんの言葉に被せて、私は会話を切ろうとする。

「そうですよ」

けれど、青山さんはにっこりと微笑んだまま、詳細を聞かせろと言わんばかりに深田さんを見つめ続けた。

「青山が気にするようなことは話してないよ」

「……そう？　ならいいんだけど」

酔っているせいか、会話の内容が頭に入ってこない。ただなんとなく、二人の間の空気が悪い気がしたので、私は話を切った。

「あの……私、そろそろ……帰ります、ね」

「え？　もう？」

青山さんがなぜか焦《あせ》った顔をする。

「はい」

「じゃあ、送るよ」

「いえいえ……。結構れす。だって青山さんは今日の主役だから……抜けたら、だめですよ」

誘いを断り部屋の外に向かうけれど、青山さんはどこまでもついてくる。

照明を落としたカラオケルームは暗く、私たちが抜け出したことに気が付く人はいないみたいで、誰も追いかけてこない。

このままついてこられたら困るのできっぱり断りたいのに、歩き出したせいでお酒が回り足元がふらついてしまう。

「大丈夫？　送るよ」

「大丈夫……です、から」

「大丈夫じゃないよ」

突然、ぐっと強く肩を引き寄せられて、私の体は彼の腕に包まれた。

ど、どうしよう。こんなふうに男性に抱き締められるなんて初めてで、ますますクラクラしてしまう。

私よりも遥かに大きな体を感じて胸の鼓動が速くなった。

その上、私、すごく酔っているみたいだ。気分が悪い。

「田中、さん？」

「うう……」

目の前がぐるぐると回り出して、支えてもらわないと立っていられなくなる。

自分の名前を呼ぶ声が遠くに聞こえるけれど、それ以外の言葉は何を言っているのか分からない。

青山さんに抱き締められたまま、私の意識は暗闇に落ちていった。

＊＊＊＊＊

「田中さん。……いや、琴美ちゃん」

「ううん……」

私の名前を呼ぶのは誰……？

「琴美」

甘く優しい声色で、そっと囁《ささや》くように名前を呼ばれる。

なんだろう、体がふわふわする。熱くて、苦しい。

全身に染みるような声にゾクゾクしていると、そっと肩に手を置かれた。

「服、苦しい？」

「くる……し……」

「脱がせても平気？」

「あい……」

衣擦《きぬず》れの音がして、窮屈さから解放される。私はふう、と息を吐いた。

いつの間にか横になっているみたいだ。ふかふかのお布団の上にいて、ごろんと寝返りをうつことができる。気持ちいい。

うつ伏せになると、髪を梳《す》かれた。肩に温かくて柔らかい感触がする。どうやら肩にキスをされているみたいだ。

「下着も脱がそうか？　苦しいでしょ？」

「んー……」

「外すよ」

「あい」

ちゅっ、と甘い音を立てながら、柔らかいものが腕や背中にも触れてくる。大きな手が肌の上を滑り、その温もりに心地よさを感じた。

「……あ」

ブラジャーのホックが外されて、さらに締め付けるものがなくなる。そして何もつけていない背中の上を、指がそっとなぞっていく。それだけで私の口からは吐息が漏れた。

「は、ぁ……」

「今日、いつもより色っぽい格好していたよね。どうして？」

「どう、して……って」

「俺がいなくなるから、少しでもオシャレしようとしてくれた？」

俺が……いなくなる？

ああ、青山さんか。

そこでやっと、背中を撫でているのが青山さんだと理解した。

ぼんやりとした頭で彼の言葉を考える。朝からジロジロ見られていたのは、そう思われていたからだったのか。別にそんなつもりは……。せっかく飲み会に参加してほしいと言われたから、それ相応の格好をしようと思っただけで。

でもそれって、そういうことになるのかな……？

酩酊《めいてい》した状態で、そんなことを考える。

「こんな可愛い格好したら、他の奴に狙われるんじゃないかって、すごくハラハラした。これから俺がいなくなるっていうのに心配だ」

「ふぇ……？」

一体何を言っているのだろう？

「いっぱい飲ませてごめんね。俺、ズルい男だから……。離れる前にどうしても君が欲しかった」

「あっ」

解放されたバストに手を伸ばされ、包み込むように揉まれる。その手に何もかもを支配されているみたいで抵抗できない。

「琴美……」

「あっ、ん……。ゃ……ぁ」

青山さんは胸を揉みしだきながら、首筋に口付けをしてくる。そしてその唇は耳へと移り、吐息まじりの声で名前を囁《ささや》いた。背中がゾクゾクする。

「可愛い」

かわ……いい？　私が？　そんなわけない。

「こんなに可愛い格好、俺以外の男の前でしないでほしい」

胸の先を見つけられて、指先で転がされる。くにくにと摘まれたり、押しつぶすように触れられたりして、全身に快感が広がっていった。

「待っ……て。あっ……。だ、めぇ……こういうの……」

久しぶりの感覚に戸惑う。

こういうことをしたのは、もう思いだせないほど前だ。大学生のときに付き合っていた人と経験して以来、何もしていない。その彼とは初体験をしてすぐに別れたので不慣れだし、苦手で……

「俺が嫌ってこと？」

「そ……じゃなくて」

「じゃあ、何？」

「こういう、の……慣れていない、から」

「もしかして、初めて？」

「初めて、ではないけど……でも」

経験人数は一人で回数も片手で数えるくらいな上に、痛かった思い出しかない。あのときみたいに、痛みを耐えるのは嫌だ。

「痛いの、ヤだから……止めてほし……」

「セックスが痛いの？」

「初めてのとき……痛かったから。だから……」

ああ、私、何を口走っているのだろう。酔った勢いで今までのことを言ってしまった。

「そう。分かった、優しくする」

「え……？」

「じゃあ、痛くない、本当のセックスしよう」

どういう、こと……？

彼の言葉の意味を考えているうちに、私の体は反転させられ、仰向けにされてしまった。

目の前には熱い視線で私を見つめる青山さんがいる。その瞳の奥に雄々《おお》しい欲情が宿っている気がして、目を逸らせなくなった。

こんな近くで彼の顔を見るのは初めて。

奥二重《おくぶたえ》の綺麗な目は誠実そうで、少年のような雰囲気なのに、全体の印象は男らしい。口角がきゅっと上がっていて、今すぐに触れたくなるような魅惑の唇の持ち主だ。

非の打ちどころのない端整な顔立ちに思わず魅了される。

イケメンパワー恐るべし。

「好きだよ、琴美」

いつの間にか青山さんはスーツを脱いでいて、私は裸の彼にぎゅっと強く抱き締められた。

これは夢？　そうだよね。こんなこと、現実では起こりえない。じゃあもう、この素敵な夢に溺れてみるっていうのもアリかも。

イケメンに弄《もてあそ》ばれることを心配して青山さんを過剰に避けていたけれど、夢だったら傷つけられることはない。

「いっぱい気持ちよくしてあげるから」

「はい」

「もう、本当に可愛すぎる」

私たちは見つめ合い微笑み合ったあと、恋人同士みたいに唇を重ねた。

キスをしているだけなのに、とろけてしまいそうなくらい気持ちがいい。ずっと触れ合わせていたいと思うほどの口付けに酔いしれていると、彼の手が再び胸を揉み始めた。

「ん……っ、ふぅ……」

彼の舌が私の中に入ってきて、舌を絡ませ合うように動いた。

青山さんとのキスに溺れて、何も考えられなくなっていく。

ふいに胸の先を指先で擽《くすぐ》られ、声を上げそうになった。けれど唇を彼に塞がれ、舌を濃厚に絡められているので、言葉にはならない。

「う……ン、ふ……ぁ……」

胸の頂《いただき》を押されたり、少しだけ強く擦《こす》られたりして、そのたびに体が大きく揺れる。

キスを終えた彼の唇は、私の首筋を通り過ぎていった。

「……あっ」

やだ、何この声？　鼻にかかったとろけた声は、自分のものじゃないみたい。

「可愛い声。もっと聞きたい」

「……ゃ、だ……ぁっ！」

とろりと熱い感触がしたので驚いて胸元を見ると、青山さんがツンと張り詰めた胸の尖りを舐めていた。色っぽい舌先をくるくると動かして、ちゅっと吸い上げる。

「ぁ、……ぁっ、んん……」

「声、抑えないで」

「で、も……。こんなの、恥ずかし……」

「大丈夫。すごく可愛いから」

可愛い、可愛いと何度も言われているうちに、可愛いの意味が分からなくなってくる。

私なんかに対して使う言葉じゃないと指摘したいけれど、ゾクゾクとした快感に呑まれて言葉を失う。

胸を舐められている間にも、彼の手が体のありとあらゆるところを撫でる。肩や腕、腰、それから太ももやお尻まで。

「琴美の肌、すごく気持ちいい。ずっと触れていたい」

「ぁ……ん……。はぁ……」

際どいところを撫でられるたび、体が熱くなっていく。

どうしよう、なんだか体がムズムズする。特にお腹の奥が熱くて、変な気持ちになってきた。こんなふうに隅々まで体に触れられることなんて初めて。

それだけでは物足りなくて、もっと何かが欲しくなり始めている。しかしそれがなんなのか、うまく説明ができない。

突然、ショーツの上からクロッチ部分をすっと撫でられた。

「ゃぁっ！」

な、何⁉　今の。すごく気持ちよかった。

すでにそこは熱くなっていて、下着が張り付くくらい濡れている。

「青山さん！　もう、やめて。こんなの……だめ」

「こんなに熱くなっているのに？」

「あぁ、ん……っ、ゃ、あぁ……」

さっきは掠《かす》める程度の触れ方だったのに、今度は容赦なく触れてくる。布越しに何度も擦《こす》られ、ビクンと腰が大きく揺れた。

「すごく濡れているよ。よかった」

「よかっ、た……んですか？」

「そう。俺に感じてくれたってことでしょ？　だからいっぱい濡れてくれたら嬉しい」

そう、なの……？

前は緊張で体がカチコチだったせいか、全く濡れなかった。

これは夢だし、今日はお酒に酔っているからリラックスできているのかも。それに青山さんとこうしてキスをしたり、肌に触れられたりしていると気持ちがいい。

恥ずかしい気持ちもあるけれど、優しくリードしてくれるから安心できる。

そんなことを考えている隙に、ショーツの中に手を入れられていた。

「あ！　青山さんっ――」

「ふふ、中はもっとすごいね」

彼は濡れそぼった秘部に指を這《は》わせると、優しく媚肉を開いた。

「あぁ……っ、やぁ……！」

「本当、たまらない。君とこんなことしているなんて。俺、暴走しそう」

「だめ……っ、そんな、ふうに……しちゃ……」

くちゅ、くちゅと淫猥《いんわい》な音をたてて、ゆっくりと指が挿入されていく。たっぷりと濡れているせいか、痛くない。むしろ気持ちよくて早く奥まで来てほしいくらい。

さっき漠然と欲しいと思ったものは、これだったのかと気が付く。

「ちゃんと優しくするから、安心して」

「あぁ、ぁ……っ、ん、んん……ぁ、はぁっ……」

奥まで彼の指が入ると、体が勝手に戦慄《わなな》き、中をきゅうっと締め付けた。

焦《じ》れるくらいにゆっくりと抜かれたかと思えば、ぬるぬるの指は再び奥へ進む。あまりの愉悦に青山さんの体に抱き着くと、頬を摺《す》り寄せられキスをされた。

「んっ……んん……」

青山さんのキス、なんて気持ちいいんだろう。ずっとしていたい。

映画で見るような情熱的なキス。甘くて濃厚で、すごく愛されているみたいな。ふわふわした頭の中で、そんなことを繰り返し思う。

極甘な感覚にとろとろに溶けた。

「そんな顔で見つめないでくれる？　我慢できなくなる」

「ふぇ……？」

一体私はどんな表情をしているのだろう？

困ったようにはにかむ青山さんは、再びキスをしながら指戯《しぎ》を始めた。

今度は媚壁を擦《こす》るみたいに緩《ゆる》やかに中をかき混ぜる。

「あっ、あんっ……やぁ、ああ！」

「……大丈夫？　痛くない？」

「ぁ、痛く、な……ぁっ、あっ」

「じゃあ、気持ちいい？　続けていい？」

「ん……、……っ、あぁ、……ああっ」

全然痛くない。気持ちよくて、やめないでほしいくらい。

優しい手つきで中を擦《こす》られたそこは、ぐちゅぐちゅと音をたてて蜜を溢れさせていた。

このまま擦《こす》られていると、どうにかなってしまいそう。

触れられている間に、太ももまで濡れてしまっている。とめどなく溢れる蜜に恥ずかしくなった。

「じゃあ、ここも……いいかな？」

「ひゃぁ!?」

脚を広げられ、もう片方の手で花芯を刺激される。

触れられた瞬間、電流が走ったみたいに快感が駆け巡った。

「ゃ、あ……な……に、これ……ああぅっ」

「いっぱい気持ちよくしてあげる」

「あ、あ……ぁっ、はぁ……ああん！」

甘い声が止められない。今まで体験したことのない快感に襲われ、目の前が霞《かす》む。意識が弾け飛んだ。

何も考える余裕がなくなって、息が上がる。

「だめ……っ、青山さ……あぁ」

「大丈夫、俺に全部預けて」

強く逞《たくま》しい腕にぎゅっと抱き寄せられて、愛撫もどんどん加速される。その熱い抱擁も、激しい愛撫も、時折与えられるキスも、全てが気持ちいい。

全部青山さんで染まる。

「あ、ああ——」

彼に導かれるまま、私はどこかへ飛ばされるような感覚に包まれた。

「……はぁ、はぁ……」

「琴美、すごく可愛かった」

何、これ……？　一体、私はどうなったの？

指を抜かれた蜜口は、甘い痺《しび》れで熱いままだ。

今まで味わったことのない感覚に戸惑いながらも、この先に進んだらどんなふうになるのか体験してみたい気持ちでいっぱいになっていた。

――これは夢、だもんね。どれだけ乱れたとしても、平気だ。いつもの私と違って大胆になっても恥ずかしくない。

「気持ちよかった？」

「はい。すごく……。こんなの初めてです」

「そう。良かった」

このまま最後までしたい。

青山さんは格好よくて、非の打ちどころのない人で、私とは天と地ほど差がある。地球がひっくり返ってもこんなことになるはずがないのに、まさか彼とエッチするなんて。どうしてこんな夢を見ちゃうのだろう。

苦手だからと遠くから見ているだけだったけれど、私、実は憧れていたの？

いやいや、そんなはずはない。そんな憧れを抱くことさえ申し訳ないくらいの人なのだ。

「入れていい？」

「はい」

とろんとした目で彼を見つめると、それに応えるように口付けをされる。しばらくして、準備を終えたようで、彼はそっと脚の間に体を入れて体勢を整えた。

「リラックスして」

「……はい」

知らないうちに強張《こわば》っていた体を撫でられて、私は力を抜こうと深呼吸する。すると彼のものが私の入り口を擽《くすぐ》った。

「……あ」

熱くて硬いものがそこにある。私から溢れた蜜を自身に塗り付け、狙いを定めるように何度も動く。それを繰り返されているうちに、彼を受け入れる心の準備が整ってきた。

――早く来てほしい。

胸を高ぶらせながら、心待ちにしていると、ぐぐっと奥へ押し込まれた。

彼が来た瞬間、衝撃が走る。痛くはないけれど、指よりも遥かに太くて大きな屹立《きつりつ》に驚いてしまった。

「……っ」

「大丈夫？　痛くない？」

「痛く……は、ないけど……」

「ないけど？」

「……っ、青山さ……の、おっき……くて、っ……」

狭い蜜道を通る彼のものは、想像以上に太い。あまりの圧迫感に苦しくなる。

「ありがとう。それは俺にとっては褒め言葉だけど……今の状況的には、よくない意味だよね？」

「ちが……っ、ぁ、ああ……」

苦しいけれど、痛くはない。私の中に青山さんが来ているって、強く感じる。それよりも私の様子をうかがいながら、痛くしないようにと気を遣ってくれる彼の態度が嬉しい。

少し目を開いて彼を見ると、心配そうな表情でこちらを見ていた。こんなふうに女性を大事に扱えるなんて、夢の中の青山さんは本当に素敵な男性だ。

「ねぇ、俺のほうを見て」

「……はい」

言われた通りに青山さんを見上げると、彼の額《ひたい》には玉のような汗が浮かんでいた。

「こうして琴美と一つになれて嬉しい。琴美の中、すごく気持ちいいよ」

青山さんの言葉を聞いて、ぶわっと一気に体温が上がった。

私の中って……気持ちいいの……？

そんなこと、初めて言われた。それに青山さんってば、艶《なま》めかしさが増していて、ますますセクシーな表情になっているんですけど！

男性なのにとても色っぽい。そんな顔見せられたら、ドキドキして照れてしまう。

「キスして」

「……はい」

ねだられて、私は目を閉じ唇を差し出す。ちゅ、ちゅっと可愛らしい音をたてながら唇を重ね、舌を出して絡ませていると、接合部がだんだん彼の大きさに馴染《なじ》んできた。

「俺……動かなくてもイキそうなくらい、興奮してる。ヤバいな」

「そ……なんですか？」

「でも大丈夫。頑張るから」

が、頑張るって何を……？

ぼんやり考えているうちに、彼の腰がゆっくりと動き始めた。

「あ、う……」

「大丈夫？」

「はぁ……っ、あ、あぁ……っ、んぅ」

最初はゆっくりと。でも少しずつ起伏をつけて浅いところで動いたり、奥まで差し込まれたりされる。一番奥の、もうこれ以上入れないというところまで彼が来ると苦しい。でもすごく深いところが密着していて嬉しかった。

「琴美……」

何度もキスをして、それから揺さぶられて。

苦しいばかりだったのが、だんだん新しい感覚に変化していく。これが快感なのだと分かるころには、彼の腰は大胆に動き始めていた。

「あんっ……あ、あぁ……ッ、ン、は、ぁ……っ、ああ」

今までの苦しい経験はなんだったのと思うくらい快感に包まれ、行為に没頭していく。我を忘れた私はベッドのスプリングの激しい揺れに合わせて喘《あえ》ぎ続けた。

「琴美、俺を見て」

汗で額《ひたい》に貼り付いた髪を直した彼が、私を熱く見つめている。

「よくなってきた？」

「あ、ぅ……ン、ぁっ……！」

ずん、と深いところに打ち付けられる。固く閉じていた隘路《あいろ》は、すっかり彼に馴染《なじ》んで開き、抽送《ちゅうそう》されるたびに悦《よろこ》んでいた。

「痛いなら、この辺りにしておくけど？」

そのままじゃ抜けちゃう、と思うほど浅いところまで抜かれて、私は思わず腰を動かしてしまった。

「や……ぁ」

「だって久しぶりだって言っていたから。あまり無理をさせてはいけないよね？」

「痛く……は、ない……から……っ、あ……あんっ……」

浅い場所も気持ちいいけれど、さっきしていたみたいにもっと奥に来てほしい。それに少し荒っぽくもされたい。

一番深いところが触れ合ったら、クラクラするほど気持ちよかった。だから、もっと……いくら夢でもそんなことは言えなくて、私はモジモジとしながら腰を浮かせ、彼を見つめた。

「じゃあ、この辺？」

「あぁっ、ふ、ぁ……ん、ゃ、あぁ……そこ、じゃ……な、……ぁあっ」

少し奥まで入れてもらえた。けれど、そこじゃない。もっともっと奥。私たちの肌がぴったりとくっつくほど貫《つらぬ》いてほしい。

「琴美が教えて？　君のこと傷つけたくないから、どこがいいか教えてほしい」

優しい表情と声だけれど、すごく意地悪だ。そんなこと恥ずかしくて言えないよ。悲しくなって涙が浮かぶ。

「ねえ、ここでいいの？　琴美がしてほしいなら、もっと奥まで入れることもできるけど」

「ん……んう……っ、はぁ、ぁ……」

焦《じ》らされ続けて理性が崩れ、体が本能に支配されていく。迫りくる欲求に、気が付けば口を開いていた。

「も、っと……奥に、……っ。いっぱい……して」

「いっぱい？」

「うん……青山さん、の……気持ちい、から、ぁ……、もっといっぱいしてほし……っ」

「……っ。いいよ。よくできました」

先生が生徒を褒めるみたいに頭を撫でられたあと、腰をぐっと掴まれる。すぐにずんっと全身が揺れるほどの衝撃が走った。

「あ、ああっ……！」

目の前がチカチカと光って、快感だけが全てになっていく。少しずつ激しさを増すリズムに溺れて、愉悦に呑み込まれた。

「琴美……」

吐息まじりの低い声が私の名前を呼ぶ。

「青山さん……」

応えるように名前を呼んで、首に手を回し、ねだるみたいに彼の耳にキスをした。

「そんなことをしたら、イキそうになるだろ」

「まだ……こうしていて」

離さないで、ずっと繋がっていたい。あなたとこうしているとすごく心地いい。一つになっているこの瞬間が、限りなく愛《いと》おしいと思う。

「分かった。琴美、おいで」

「……あっ」

繋がったまま腕を掴まれて体を起こされた。向かい合って座るような体勢になる。

「あん……っ、青山さ……。これ、深い……よぉ……っ、あ……ぁ」

「いっぱい入っているだろ？　俺たちが繋がっているところ、よく見て」

動きを止めて脚を広げられると、彼が入っている場所が鮮明に見える。

「あ……あぁ……恥ずかしい……から……っ、ゃあ、ん……」

男性のそういう場所を見るのも、自分の体に男性が入っているのを目《ま》の当《あ》たりにするのも初めてで、とても恥ずかしい。

目を逸らすと、ふふっと笑い声が聞こえて頬にキスをされた。青山さんは私をいじめて楽しんでいるみたいだ。

「俺と琴美、繋がっているよ」

「やぁ……っ、ぁ……」

「可愛いよ、琴美。たまらない」

私の中の彼が先程よりも張りつめた。中をじっくりと擦《こす》って刺激を与えてくる。

「あ、ああ……っ、あぁ……」

彼の屹立《きつりつ》だけでも気持ちいいのに、同時に花芯まで刺激されて、きゅううっと膣内が収縮した。中の彼を離さないというように何度も締め付け包み込む。

「……っ、締まってる。気持ちいい」

「ああっ、青山さ……っ、はぁ……気持ちいいよぉ……」

そこからはもう何がなんだか分からなかった。

再びベッドに押し倒されて何度も何度も激しく揺さぶられ、意識が朦朧《もうろう》としていく。

激しく揺れ動く腰に、軋《きし》むベッド。

あまりの愉悦に耐え切れず私は彼の腕をぎゅっと掴んだ。

「壊れ……ちゃう……っ、も……だめぇ……」

「いいよ、壊れて。俺も追うから」

「やぁ……っ、ぁ、ああ――」

中が焦げるように熱くなり、強烈な快感が体中を駆け巡っていく。そのものすごいスピードに自分が自分でなくなった。

「琴美、好きだ……」

「ああ……っ、あ、あああ！」

もう、だめ！

目の前が弾けて真っ白になる。

青山さんが「好きだ」と何度も言っている気がするが、はっきりしない。頭の中にふわふわと霞《かすみ》がかかっているようだ。

「イクよ、琴美――」

情熱的に激しく貫《つらぬ》かれる。最後に奥まで押し込むと、私の膣内で彼が脈打った。

頭の中も体も痺《しび》れてとろけてしまったみたい。

彼がいなくなっても、下腹部はヒクヒクと余韻に震えて快楽の熱に侵されたままだ。

これが青山さんの言う「本当のセックス」というものなのかな……

どうして恋人たちは体を重ねるのだろうと疑問に思っていたけれど、分かった気がする――

でも夢なんだけどね。

これは、恋愛経験が少ないことをコンプレックスに感じていたらしい私の作り出した妄想。

現実がこんなふうだったらいいのにな……

＊＊＊＊

朝。

――朝？

ズキズキと痛む頭を押さえながら、雲の上にいるみたいなふわっふわの布団から私は顔を出す。

えっと、昨日は青山さんの送別会で、初めてのワインに感動してたくさん飲んで、それから……？

ああ、だめだ。昨日のことを考えると頭痛がしてよく思い出せない。それにしても、いつもより温かいのはなぜだろう。

ごろん、と寝返りを打つと、何かに当たった。

「ん……」

ん？

聞きなれない声が聞こえて、勢いよく目を見開く。

い、今、男性の声がしたよね？　それから今私の体に当たっているのは、人の体？

え、え……何、ナニ、なに!?

パニックに陥《おちい》りながら隣を見ると、そこにはなんと青山さん！

――ナニコレ。

思考停止中。

「へぇっ⁉」

嘘、嘘でしょ‼

私が最も苦手とする人種である、イケメンの青山蒼汰さんがなぜここに？　って、まずここはどこ？

真っ白いお布団に真っ白の壁。大きな液晶テレビがあって、すごく大きな窓があって――とにかく私の家じゃない‼

それからそれから、私、何も着ていない！　服だけじゃなく、下着も。

勢いよく起き上がって布団の中を見ると、見事な素っ裸だ。私は急いで布団で自分の体を隠した。

まだ眠っている青山さんも、見えている範囲は裸……

ぎゃあああ。

まさか、これは、俗に言う「酔った勢いでヤッちゃった」ってやつ⁉

どうしよう、どうしよう！　今まで目立たず平和に穏やかに過ごしてきたというのに、何この大事件！

これは私のキャパを軽く超えていて、状況把握に時間がかかる。

ただ酔っぱらって介抱されただけ？　それにしてはガッツリ脱いじゃっているよね。あ、でも脱がせただけってこともある――わけないよね、大人だものね。

それになんだか体に違和感がある。今まで使ったことのない筋肉を使ったせいであろう疲労と痛み。それから下腹部に異物感。

これは絶対にアウト――

状況を受け入れられずテンパっていると、青山さんが目を覚ました。

「田中さん、おはよう」

今すぐ出社できるくらいの完璧なイケメンっぷりでにっこり笑う。

なんとも爽《さわ》やかな寝起き。うちの弟なんて、寝起きはボサボサ頭でヨダレの跡なんかあって、こんなに清潔感の漂《ただよ》う顔してたことないよ。

目覚めた瞬間から素敵だなんて、イケメンは凄い。……って、感心している場合じゃない。

「あの……あのあの！　私、たち……」

「体、大丈夫？　昨日、久しぶりだって言っていたから心配で。無理させたんじゃない？」

「あうっ!!」

絶句。絶望。激しい後悔。

……やっぱりシちゃってます、よね……

「ここ……は、ドコデスカ……」

「ごめんね。昨夜、家の場所を聞き出せなかったから、ホテルに泊まったんだ」

H・O・T・E・L……ホテル。あわわわ……。ますますシちゃっている感が増している。

「田中さん、先に言うべきだったんだけどさ」

「は、はい……？」

今回のことはなかったことにしてくれ？　もしくは、魔が差しただけだ、忘れてくれ？

ええ、ええ。もちろん、そうさせていただきます。この記憶はすぐに削除してゴミ箱に入れ、即ゴミ箱の中を空にします！

あとからこの記憶を呼び出そうとしても復元できないくらい抹消《まっしょう》しますとも!!

幸い青山さんは来週から転勤されることですし、今後顔も合わせませんので何もなかったことにできます。どうぞご安心ください！

そう返事をしようとしたのに、先に言葉を告げられる。

「俺と付き合ってほしい」

「……は？」

よく分からない言葉を耳にしたので、聞き返す。青山さんは驚いた顔をした。

「えっ？」

「えっ？」

顔を見合わせて、暫《しばら》くの沈黙。

――ツキアウ？　何それ、美味《おい》しいの？

言葉の意味を理解できずにフリーズしていると、青山さんが焦《あせ》った表情でもう一度聞いてきた。

「……田中さん。俺と付き合ってもらえませんか？」

「おっしゃっている意味がよく分からないのですが」

「そのままの意味だけど」

「余計に分かりません！」

「ええっ⁉」

青山さんが訳が分からないという表情をする。けれど、訳が分からないのはこっちのほうだ。

なんで、なんでそうなるの？

付き合うって、どこどこに行くから一緒に来て〜の意味の付き合うじゃなくて、男女が交際するほうの付き合うってことですよね？　それは理解できたけれど、なぜに私？

はっ！　まさかこんなふうに一晩過ごしてしまったから、責任を感じているの？

それなら心配ご無用です、私のことは気にせずに忘れてもらって結構です。

私は何事もなかったかのように振る舞いますから――

「あの、ずっと黙ったままだけど、何か変なことを考えていない？　大丈夫？」

「青山さんが変なことを言い出すからですよー。やだなぁ、もう」

「変なことじゃない。俺は前々からずっと君のことが――」

「からかうのは、いい加減にしてください」

青山さんの声を遮《さえぎ》って、私はベッドから抜け出した。急いで服を着始める。

「からかってなんかない。俺は本気で君が好きだ」

君が好きだ！

好きだ、きだ、きだ……とエコーがかかる。

その言葉の衝撃で、私の心が大きく揺さぶられた。

青山さんが、私を……？　そんな、まさか。あり得ない。

「あの、今回のことで責任取るような真似、しなくても大丈夫ですから。お互いさまですし、口外するつもりはありません」

「そういう意味で言っているんじゃない」

「じゃあ、どういう意味ですか？」

「初めて会ったときから、田中さんが好きだった。気が付かなかった？」

……え？

そんなの気が付くわけがないじゃないですか。スイギュウの群れの中に一頭だけバイソンが混ざっているくらい気が付きませんよ。

と、とにかく！　そんな分かりやすい嘘はいりません！

「俺、結構分かりやすいと思うんだけど」

「すみません、分かりません。というか、理解不能です。そういう嘘って悪質ですよ」

一瞬、大学生のときの彼のことが頭を過《よぎ》る。

「嘘じゃない。田中さん、ちゃんと話を――」

私は驚きのあまり止まっていた手を動かし身支度を終えると、青山さんを見た。

「青山さん、夕べはすみませんでした。転勤されてもお仕事頑張ってください。陰ながら応援しています」

「いや、あの……だからね、田中さん」

「では、これ……足りないかもしれませんが。どうぞお納めください。お先に失礼いたします」

財布から二万円を取り出してベッドの上に置く。深々と礼をした私は、逃げるようにホテルから出た。

それから青山さんは転勤したので、その後顔を合わせずに済んだのだけど、代わりにSNSアプリにメッセージが何通も来た。

ちゃんと話をしたいだの、会いたいだの、お金を返すだの言われたものの、一つも返信をしていない。いわゆる既読スルーというやつだ。人生初の既読スルー。

青山さんのようなイケメンが私を好きなんて、絶対にあり得ない。前の彼みたいにからかっているとは思わないが、優しいから責任を取ろうとしているだけに決まってる。そんな付き合いは不毛だ。結局、お互いが傷付く。

それなのに彼からの連絡は途絶えることなく、何ヵ月も続いた。これでは埒《らち》が明かないと思った私は、一度だけメッセージに返事をすることにする。

――私、好きな人ができました。その方とはお付き合いしていて、ゆくゆくは結婚を考えています。だから、もう連絡しないでください。

そのメッセージはすぐに既読がついたけど、しばらく返事がなくて、私は嘘がバレたのかとハラハラした。幸い数日後、「分かった。しつこくしてごめん。お幸せにね」と返事がきた。

これで青山さんは、「同じ社内の女性に軽い気持ちで手を出してしまった。責任を取らなければ！」という呪縛から解放されたのだ。

よかったですね！　これでお互いハッピーですよ！

心の中でそう彼に語りかけて、この大事件は収束した。

＊＊＊＊＊

あれから二年。今、私は婚活パーティの会場にいる。

こんな場所で青山さんと再会するなんて、一体なんの報《むく》いなの……

しかも本社に戻ってきたと言っていた。これはまさか私の平穏な生活が危《あや》ぶまれる事態では？

「――で、どういうことなの？」

「え？」

「田中さんがお付き合いしてるって言ってた彼、別れたの？　それとも、最初から嘘だった？」

「そ、それは……」

――私、好きな人ができました。その方とはお付き合いしていて、ゆくゆくは結婚を考えています。だから、もう連絡しないでください。

二年前に彼にそうメッセージを送ったことを思い出す。

まさかあのときは、二年後に婚活パーティで再会するなんて夢にも思っていなかった。こんな状況に追い込まれると分かっていたら、あんな嘘をつかなかったのに。

でもあのときはそれがベストだと考えたのだ。致し方なかった。

「ま、いいや。今はお互い恋人がいないということだよね。じゃあ、俺のこともそういう対象にしてもらえる、ということだ？」

素敵スマイルで微笑みかけられて、私は不覚にも見とれてしまった。

久しぶりに見た青山さんは、以前よりも男らしさが増していて、ますます格好よくなっている。漂《ただよ》う大人の色気と、上品な仕草に会場の女性達が釘付けになっていた。

彼は、女性たちのまとわりつくような視線に気が付いていないのだろうか。

ここに来ている女性たちは特に男性と出会いを求めているのだから、その視線は露骨だ。

こんなに魅力的な男性に言い寄られて嫌な気分になる女性はいないはず。むしろ女性のほうからお願いしてお付き合いしてほしいくらいの人だと思う。

だけど、だけど……！

「すみません、それは無理です」

「えっ⁉」

そう即答して、私は彼のもとから逃げ去った。

すみません、青山さん。本当にごめんなさい。私はだめなんです。

イケメン、だめ、絶対‼

そして翌日。

私はいつもと同じ時間に起きて、一杯のミネラルウォーターを飲んでストレッチをする。それからお弁当を作って、その残りもので朝食を済ませた。

実家暮らしだけど、仕事で忙しい母の代わりに昔から家事をすることが多く、かなり仕込まれている。

母はイラストレーターの仕事をしていて深夜まで作業、朝は部屋から出てこない。

特に締め切りが近いとピリピリして、彼女の部屋の近くを歩くときはそーっと通らなければ逆鱗《げきりん》に触れることになる。

父は建設会社勤めで、家などを建てる際の現場監督として日夜忙しく働いている。そのため、私が起きる頃にはすでに家を出ていることが多い。

そして弟の慶《けい》。私の四つ下で今年の春から新社会人になった。お菓子が好きという情熱だけで、競争率がものすごく高かった大手菓子メーカーに就職している。採用が決まったときはとても喜んでいたのだけれど、やはり激務らしく毎日ヘトヘトになっていた。

その弟の慶だが、私が食事の片付けを終えてもまだ起きてこない。疲れているのはすごくよく分かる。寝ていたい気持ちも理解できるけれど……彼が家を出る時間まであと二十分しかない。いい加減起きないと遅刻してしまう。

「慶！　もう起きる時間だよ」

私が叩き起こすと、慶は布団にもぐり込んだ。

「起きてってば」

「起きてる」

「嘘、起きてないよ」

私だって用意があるのに、毎日慶を起こすのに時間がかかって迷惑している。「あの子ももう大人なんだから放っておけばいい」と母は言うけれど、放っておいたらいつまでも寝るんだってば！

「いい加減起きて」

「……るせーなぁ」

「いいから！　早く起きて」

布団を強引に引《ひ》き剥《は》がして起こすと、慶はボサボサの頭に半開きの目。目ヤニやらヨダレがついていて残念な感じだ。

「もう少し格好いい感じに起きられないの？」

「うるせ。男は皆こんなモンだよ」

そんなことない。寝起きから素敵オーラを放ちまくる男性を知っている。昨日、偶然にもその彼と再会したせいか、つい昔のことを思い出してしまった。

寝起き一発目からキラキラと輝くスマイル。そしてイケメンだけに吹く風、背景にバラを背負っているだろうというほどの眩《まばゆ》さ。

慶とは月とすっぽんのような青山さんが頭に浮かんでしまい、深いため息をつく。

まさかこんなに早く帰ってくるなんて考えてもみなかった。

関西支社の業績にテコ入れするために転勤した彼。その後しばらくすると関西支社の業績は右肩上がりになり、上層部が歓喜の声を上げていた。

青山さんの株はますます上がり、本社にいなくなっても女性社員たちは相変わらず彼の噂話をしては盛り上がっている。

そんな彼が本社に戻ってくるというのだ。

酔った勢いで一夜をともにするという事件があったせいで、私的にはものすごく気まずい。できれば青山さんが本社に戻ってくるまでに誰かと結婚をして寿《ことぶき》退社していたかったのに……

残念ながら何もなく、あっという間にこの日を迎えてしまった。

沈み込む私に慶がツッコむ。

「何暗い顔してんだよ。朝から葬式みたいだぞ」

「どちらかというと、そっちのほうがまだマシかも」

「は？」

青山さんと今日からまた同じ職場。一時的な再会ではなく、毎日顔を合わせるなんて。

はぁ……生き地獄とはこのことか？　恐ろしい日々が始まる……

慶には私の気持ちなど分かるまい。私はもう一度深いため息をついて、家を出た。

気が重いけれど、仕事は仕事だ。切り替えよう。

私には、全国の子どもたちが利用するベビー用品の不具合を防ぎ安全性を確認する、という重大な任務があるのだから！

青山さんのことは考えないようにして、会社に一番乗りで出社した。誰もいないオフィスで、窓際に並ぶ観葉植物に水を与え、周囲の掃除をする。

これは勤め出してから五年間、毎日朝一でやっている作業だった。びしっと掃除をしてすっきりしたら、仕事に集中できる。

今日は窓のサッシ部分の埃《ほこり》を取ろうとしていると、扉の開く音がした。誰だろう、と振り返る。

「おはよう」

「～っ、は、よう、ゴザイマス」

驚いて思わず声を上げそうになったのをなんとか堪える。

そこには、昨日再会した私の悩みのタネである青山さんが立っていた。

今日も素敵な紺色のスーツをお召しになられていることで。

以前はミディアムヘアで風になびくようなヘアスタイルだったのだけど、今は短髪になって男らしさがアップしている。意志の強そうな眉が印象的で、野性の動物みたいにワイルドで凛々《りり》しい。

だめだめ、直視しちゃだめだ、なるべく視界に入れないようにしなければ。

最近あまりしていなかった、イケメンプロテクターのメガネを即座に装着して、私は戦闘態勢になった。

「やっぱり、今でも早くに出社しているんだ？」

「今でも、と言いますと……？」

少しずつこちらに近づいてくる青山さんから逃げるように後退する。だけど後ろは窓。これ以上逃げられなくて、横にずれていく。

「前から朝一人で掃除していたよね？　皆、気が付いていないみたいだけど」

「掃除が、スキ、なの……で」

「そうなんだ？　偉いよね、そういうところ」

「ありがとう……ござい、マス」

あからさまに逃げているのに、彼は気にせず笑顔で追いかけてくる。

もう、なんなのーっ。

「あのさ、話したいことがあるんだけど」

「な、なんでしょうか……？」

まさか二年前のことを蒸し返そうとしています？

私たち大人なんですし、あのことは忘れましょうよ。今さら掘り返しても、いいことはないはずです。これから同じ職場で働くのであれば尚のこと。

何を言われるのかとビクビクしていると、扉のロックを解除する音が聞こえて、誰かが出社してきた。私はその人の姿が見える前に大きな声で挨拶をする。

「お、おはようございます！」

「あ！　青山さん！　お帰りなさ～い。待っていたんですよぉ！」

挨拶したのは私なのに、オフィスに入ってきた女性社員は青山さんに向かって一直線。

ま、まあ仕方ないよね……

「久しぶり。またよろしく」

「はぁ～い」

彼女からハートマークがいくつも飛んでいるのが見える……気がする。

青山さんと女性社員が話し始めたところで、私はささささっと逃げて忍者みたいに自分のデスクに隠れた。

とにかく青山さんと二人きりにならないようにしなければ。今日からしばらく同期の鮫島《さめじま》くんと一緒に行動することにしよう。


「お久しぶりです。また皆さんと一緒に仕事ができるということで、とても嬉しく思います。向こうで経験したことを活かし、頑張りますのでよろしくお願いします」

朝礼時、青山さんは社員たちの前に立って挨拶をした。

今回は本社マーケティング部の部長に就任することになり、今までの部長は代わりに関西へ転勤となったそうだ。定期的な入れ替えは社内の空気を変えるために必要なのだとか。

うちは能力があれば若くても昇進する社風とはいえ、本社の部長なんてなかなかなれるものじゃない。それを三十二歳で成し遂げるなんて、本当に凄い人だ。

そんな人と私……。二年前とはいえ、なんてことをしちゃったんだろう……。はぁ。

「田中さん、なんで俺の後ろに隠れてんの？　青山さんが挨拶しているのに」

「いいの、いいの。私は見えなくて」

「あれ？　最近伊達《だて》メガネしていなかったのに、またするようになったんだ？」

「ええ、まぁ。諸事情があってね……」

私は存在を隠すべく、同期の鮫島くんの後ろに隠れて朝礼に参加した。

彼は細身で長身の、黒縁メガネをかけたスタイリッシュな男性だ。同期の中でもリーダー的存在で頼りがいがある。十年以上お付き合いしている彼女がいて、もうすぐ結婚する予定らしい。そんな人生のエキスパートである彼にはよく相談に乗ってもらっている。

なかなか恋人のできない私を心配して世話を焼いてくれるのだけど、肝心の私がいつも消極的で……。そんな私を見かねた彼から「もう少し行動を起こせ」と、お薦めされたのが例の結婚相談所だったのだ。

そして昨日のパーティで青山さんに再会するっていう……。ああ、思い出しただけで憂鬱《ゆううつ》になる。

「それにしても青山さんって本当に優秀な人だよなー。あんなに将来安泰な人いないよ」

「そ、そうだね」

「あんな人の彼女になれたらいいだろうなー」

「そ、そうかな？」

鮫島くんって、いつも青山さん推しなんだよな。

同性からも好かれているなんて素直にすごいなと思うけれど、私は絶対に青山さんの彼女になりたくない。あんなパーフェクトな人の彼女なんて、心労が絶えなくて死んでしまいそうだもの。

「……で？　昨日の婚活パーティはどうだったの？」

「全然だめだった。何も収穫ナシ」

「そうなんだ？　一人くらいイケメンいただろ？」

「う……」

確かにイケメンはいたよ。いたけれど、それはあの人で……

鮫島くんとコソコソ話をしていると、バチッと青山さんと目が合う。鋭い視線に血の気が引いた私は、すかさず目を逸らした。それなのに、鮫島くんが青山さんに話しかけてしまう。

「それにしても、青山さんお久しぶりですよね。皆、会いたがっていましたよ」

こらっ、鮫島くん！　大きな声で話さないで。そういうのはあとで二人きりのときに個人的に話せばいいでしょーっ。それでなくても青山さんがこちらを見ていて、気まずい雰囲気になっているというのに。

「本当？」

「はい。全然会いに来てくださらないので、寂しかったです」

「はは。鮫島くんありがとう。でも少し前に田中さんとは会っていたんだけどな。聞いていなかった？」

ぎゃーっ。青山さん、急に何を言い出すの！

そんな誤解を招くような言い方しないでください。少し前って昨日じゃないですか。それに婚活

パーティに参加したら、たまたま、偶然、再会しただけで、なんでそう意味深な感じに言っちゃうかなぁ⁉

「田中さん、どういうこと？　私たち聞いてないよ」

「そうだよ、田中さん。いつ会ったの？」

全社員の視線が私に集まる。鮫島くんの後ろに隠れていたのに、注目を集めてしまった。どうしよう。

「いや、あの……それは、その」

「どこで会ったの？」

青山さんのことが好きだと公言している女性社員たちが、身を乗り出して聞いてくる。ここはちゃんと説明して、身の潔白を証明しないと。……いや潔白ではないけど。

「えっと、あの……ホテルで、ちょっと、会っただけで！」

「……ホテル？」

ああっ！

この状況に狼狽《うろた》えて、変なところだけ切り取ってしまった。

自滅してどうする、私！

上司と部下、ホテルで密会、少しの時間の逢瀬なんて、いかがわしいことしか連想されない。

「いや、ちがくて……えっと……！」

「ふふ、田中さん。それじゃあ僕たちが恋人同士みたいじゃないか」

青山さんが嬉しそうに口を挟む。

いやいや、笑っていないでちゃんと否定してくださいよーっ！

先程まで目つきがきつかった青山さんは、すごくご機嫌になっている。

代わりに女性社員たちが怒っ……てる……!?　どうしよう。

私たちは何もないのです、あなた方が心配するようなことは何も！

「知り合いの結婚パーティに出席したら、たまたま会ったんだよね？」

「あ、は、はい！　そうです、そうなんです」

やっと青山さんがフォローしてくれたおかげで、ピリついていた空気が和《やわ》らぐ。

ナイスフォローありがとうございます！

けれど、そもそもこの人が変なことを言い出すからこんなことに巻き込まれたんだけど……

とりあえず私たちが婚活パーティに参加していたことは伏せておいてくれたから、そこは感謝しておこう。

なんだかいろいろと釈然としないまま、私は自分のデスクに戻る。

はぁ、朝からすごく疲れた。

そうして自分のデスクで一息ついていると、品質管理部長から呼ばれた。

「少し早いんだけど、今度行われるママベビフェスタの企業ブースの担当を各部署から一人ずつ選出することになってね。今回は田中さんに任せようと思うんだけど、やってもらえる？」

ママベビフェスタ、とは——妊婦さんや育児中のママ、それからベビーやその家族を応援する体験型イベント。年に数回大きな会場で開催され、たくさんの企業がブースを出す。私たち企業にとっては直接ユーザーさんと顔を合わせてプロモーション活動ができる貴重な機会だ。

直接商品を体験してもらえるとあって、うちの会社では毎回参加している。

今まで先輩のアシスタントとして参加していたが、今年はついに部署の代表を任された。仕事ぶりを認めてもらえたみたいで嬉しい。

「はい、もちろんです！」

「今回はマーケティング部の青山くんが中心になってくれるから、スケジュールは彼に調整してもらって。じゃ、よろしく」

「……え？」

天にも昇る思いが、青山さんの名前を聞いて、一気に落胆した。

なるべく接点を持ちたくないのに、どうしてこうなっちゃうかな……

青山さんが指名したわけじゃなく品質管理部長が決めたことだから、異議を唱えることはできない。

それに、ママベビフェスタには部署代表として参加したいとずっと思っていた。とりあえず素直に喜ぼう。

各部署の代表者はその日の午後に招集された。私が第一会議室に向かうと、他の部署の社員はすでに集まっていた。

先程、新規メーリングリストが来ていたので、メンバーの名前は確認済みだ。先輩たちの中に交ざることに恐縮しながら席につく。

しばらくすると、青山さんが颯爽《さっそう》と会議室に入ってきた。

「えー、お疲れさまです。本社に戻ってきてすぐのプロジェクト、ということで気合入れていきますので、皆さんよろしくお願いします」

その後、それぞれに自己紹介をしていく。営業部、マーケティング部、開発企画部、販売促進部、スーパーバイザー、デザイナー、ウェブ運営部、広報部など、ありとあらゆる部署のメンバーがいて、気が引き締まる。私の順番も回ってきた。

「品質管理部の田中琴美です。このイベントを通じて、自社ブランドが安全で確かな製品だということをママさんたちに伝えていけるよう、一生懸命頑張りますので、よろしくお願いします」

「以上十五名です。これからよろしく頼みます。通常業務と並行してやってもらうので大変かと思いますが、我が社にとってとても大切なイベントなので成功させましょう」

「はい」

一際大きく返事をしたのは、スーパー営業マンと名高い男性社員だ。参加するイベントの売り上げはいつも目標達成するというスーパーバイザーの女性もはりきっている。

錚々《そうそう》たるメンバーに囲まれて、どんなイベントになるのだろうと私は期待で胸を膨らませた。

青山さんは全員の意見を丁寧に取りまとめながら、さくさくと会議を進めていく。

皆キャリアが長い方たちばかりで、発言が豊富に出てくる。私が感心している間に、決めなければばならない事項が次々と決定していった。

「次回は会場で行うセミナーの内容を決めたいと思います。皆さん、企画書を作成してください。期限は二週間後の金曜日です」

企画書かぁ……

フェスタではブースで商品を体験していただく以外に、お客様向けにセミナーを行っていて、各企業三十分ほどの時間が貰える。

そのセミナーの出来は会社の評判に大きくかかわるため、かなり重要だ。

「では、今日は以上です。お疲れさまでした」

青山さんの言葉で締めくくられ、会議は終了となった。

セミナー、どんなのがいいだろう？

三十分という時間の中で、どんなことを伝えたらいいかな。妊娠中の話や育児の話じゃありきたりだし、かと言ってあからさまに商品をアピールするのはあまりいい印象を与えない気がする。

大勢の人に話を聞いてもらえる機会はすごく貴重だから、インパクトがありいろんな立場の人に興味を持ってもらえそうなものがいい。うーん……

「田中さん……。田中さん」

「は、はいっ」

「もう会議終わったよ。皆部署に戻ったけど……まだ何か質問でも？」

「あ、ああ！　すみません」

いつの間にか部屋の中には私と青山さんだけになっていた。

「どうしたの、ボーッとして」

「い、いえ。なんでもありません」

いけない、いけない。この人と二人きりになるのは危険だ。急いで手帳とタブレット端末を片付けて席を立つ。

「……もしかして、企画書のこと考えてた？」

「え？」

「田中さん、真面目だからな。いろいろ深く考えていたんじゃない？　さっきも話した通り通常業務と並行してやっているから、とりあえずはアイデアが分かる程度の簡単なものでいいからね。あまり凝《こ》りすぎなくてオッケーだから。採用になったら、皆で詰めていくし」

「はい」

「もし分からないことがあったら、なんでも相談して」

「……ありがとうございます」

朝は突然、意味深な発言を始めて、セクハラまがいの言動をする困った人だと思ったけれど、こういうところはちゃんとしている。

私がママベビフェスタの会議に出るのが初めてだからと、フォローをしてくれているのだろう。

「あ、そうだ。もしいいアイデアが浮かばないなら、過去の資料を見てみるといいよ。会社の共有フォルダの中にデータがあるから、そこから見てみて」

「見てもいいんですか？」

「いいよ。今まで品質管理部の企画が通ったことはないみたいだから、今回通るといいね。期待しているよ」

「ありがとうございます……！」

さらっと助言して、青山さんはオフィスへ戻っていった。なんともスマートな立ち居振る舞いだ。その背中を見送って、私はさりげない優しさにちょっとだけ感動していた。

そうだ、青山さんはすごく仕事のできる人で、自分の成果を上げるだけではなく、こうやって部下を教育するのが上手なのだ。変なことばかりしてくるから、そういういい部分が私の記憶の中で薄れていた。

いや、でも……

仕事のできる上司ではあるけれど、青山さんはいろいろと問題のある人だ。引き続き警戒しておかないと。

考えすぎて、頭が痛くなってきた。

とにかく目の前の仕事を頑張ろう。うん。

2

ママベビフェスタの会議から十日近くが経過した。

今週中に提出しないといけない企画書に頭を悩ませつつ、通常業務をこなしていく。その上、開発企画部と合同で新製品の企画も始まって、毎日やることが山積みだ。

やるべき仕事を終え、会社を出る。最近は定時で帰れる日が少なく、今日も夜八時を過ぎていた。

――今夜は、いつものカフェでご飯を食べて帰ろう。

会社の近くにある私のお気に入りのカフェは、可愛い雑貨屋さんの二階にある。木のぬくもりを感じる店内は、家のダイニングを思わせる雰囲気でゆったりとリラックスできるのだ。

今日みたいな遅い時間だといないけれど、子ども連れでも利用しやすいようになっていて、ランチの時間帯は子どもたちが楽しそうに食事をしている様子に癒《いや》される。

料理はオーガニック素材のナチュラルでヘルシーなものばかり。契約農家で作られた野菜はみずみずしく、お肉の代わりにおからこんにゃくで作られたからあげやカツなど、低カロリーなのも嬉しい。

がっつり食べても太る心配が少ないとは、なんて幸せなのだろう！

何を食べようかなと心を躍らせながら店に入ると、窓側のカウンター席に案内された。

ラストオーダーの時間が近いので店内は空《す》いており、カップルが一組と、私のように一人で来ている人が数人いるくらいだ。

笑顔の素敵な女性店員さんに豆腐ハンバーグのプレートをオーダーし、窓の外を眺めてリラックスしていると、突然隣の席の椅子が引かれた。

席はたくさん空いているというのに、どうして私の隣に来たのだろう。疑問に思い顔を向けた瞬間、そこに見覚えのある男性の顔があって絶句した。

「田中さん、お疲れさま」

「……青、山さん」

どうしてここに青山さんが？　私が会社を出たときには、まだデスクに座っていらっしゃったではありませんか。

「偶然だね。晩メシを食べようと入ったら田中さんが見えたんだ。隣いいかな？」

「いいかな？」って聞く前に座ってますよね？

そう不満に思うも言えず、私は顔を引きつらせながら静かに頷く。

なんという偶然。……偶然なのかな？

いや、これ以上詮索するのはよそう。偶然じゃなかったときのリアクションに困る。

「いつもここで食べてるの？」

「……ハイ」

ああ、気まずい。いつもならリラックスできる空間なのに、すごく緊張している。ドキドキっていうよりは、なんの話をされるのかというビクビクだ。

「あ、すみません！　からあげプレートで」

青山さんはお茶を持ってきてくれた店員さんにオーダーをする。そしておしぼりを受け取って、豪快に手を拭《ふ》いた。

「はぁ～、今日も疲れた」

ネクタイを緩《ゆる》めてこちらを見る青山さんとバチッと目が合ってしまう。思わず勢いよく目を逸らした。

「田中さんも疲れているんじゃない？」

「……どうしてですか？」

「毎日遅くまで残業しているみたいだし」

「それはお互い様です。青山さんだって、転勤されてきてからも毎日残業されているじゃないですか」

青山さんは関西支社の引継ぎをゆっくりする時間がなかったようで、こっちに来てからも向こうとのやり取りをしつつ、マーケティング部の仕事をし、ママベビフェスタの仕事もしている。その上、取引先に挨拶回りもしなければいけないので多忙を極めているのだ。

それなのに二年前と同じように毎日楽しそうに仕事をしていて、疲れなど微塵《みじん》も感じさせない。その空気が社内全体に広がって、今、会社は活気に溢れていた。

仕事面での青山さんは、そんなふうに周囲にいる人たちをやる気にさせるパワーを持つ人だ。その点は、相変わらず凄い人だなと、内心、感心している。

「俺のこと、気にして見てくれているんだ？」

「そ、そんなつもりは。同じ会社なので、自然と視界に入るだけです」

「でも興味がなければ、視界にも入れないでしょ。見てくれているだけで嬉しいよ」

な、なんなの？

私は返す言葉を失って、目の前のほうじ茶の入ったコップに視線を落とした。

しばらくの沈黙の間、彼にじっと横顔を見つめられていて居心地が悪い。気が付かないフリをしてブルーライトカットメガネをくいっと押した。

「豆腐ハンバーグプレートと、からあげプレートをお持ちしました」

黙りこくっている私たちに、女性店員さんが声をかけてくる。私たちはバラバラに入店したのに、連れだと思われていることに驚いた。

いや、それは勘違いです。別に一緒に食事を摂るわけでは――

同じ会社の上司と部下でテーブルが隣同士なのだから、一緒に食事をしていることには間違いないのだけど、私は二人きりで食事をしたいとは思っていないのよ！

心の中で弁解をしながら、目の前に置かれた美味《おい》しそうな料理を見つめた。

「美味《うま》そう。いただきます」

青山さんは特に何も思わないのか、さっさと食事を始める。

「いただきます」

私も目の前の箸《はし》を手に取った。

向かいあっているわけではないから、青山さんがどんなふうに食べているのか見えない。ちらっと横目で確認すると、大きな口を開けてからあげを頬張っているのが見えた。

すごく美味《おい》しそうに食べる人なんだな。なんでもパクパクと食べて、お箸《はし》の持ち方もきれい。

つい、こんな人に自分の作ったものを食べてもらえたら嬉しいだろうなんてことを考えてしまい、自分を叱咤《しった》する。

何を考えているの。だめだ、だめだめ！

イケメンが苦手なのに、変な妄想をしてしまった。それもこれも青山さんが格好いいせいだ。これは褒めているわけじゃない、非難しているの！

「これ美味《おい》しそう。いただき」

「……あ！」

そんなことを考えている隙を狙って、青山さんが私のプレートに載っていたかぼちゃの煮物をひょいと取り口の中に放り込んだ。

そ、そのかぼちゃ……！

さっき私が一口食べたものの残りだ。

「美味《うま》い」

突然の間接キスに動揺を隠せない。別に私がしたわけではないのだけど、でも、でも――！

「ごめん、かぼちゃ食べたから怒ってる？」

「い、いえ……」

「俺のほうに載ってる、大根の煮物食べる？」

「大丈夫、デス」

「本当？　何か怒ってない？」

「怒っていません」

青山さんの顔を直視できなくて俯《うつむ》きがちに玄米ご飯を食べていると、目の前に大根の煮物が現れた。彼が自分のお箸《はし》で大根を差し出してくれている。

「はい」

「いや、いいですから」

「いいから。食べてみて？　美味《おい》しいから」

ここの料理が美味《おい》しいのは重々知っていますから、どうぞお構いなく！

そう言いたいのに、唇に触れるほど近くに大根が来てしまって、私は泣く泣く口を開いた。

口に含むとじわっと出汁《だし》が染み出す。うまみが広がっているのだろうけど、それどころではないくらい胸が騒ぎ出して、味が全く分からない。

「ね？　美味《おい》しいでしょ？」

「は……はひ」

青山さんの攻撃力が凄すぎて、やられてしまいそう。癒《いや》されに来たのに、瀕死状態になっている。

間接キス……しちゃった。

二年前のことを考えると今更だけど、でもこういうのは慣れていない。

ドキドキしながらも私は完食して、最後に温かいほうじ茶を飲んだ。これで解放されるのだと、ほっと一息つく。

「俺、お手洗いに行ってくる。待ってて」

「はい」

このまま先に帰ってしまおうかとも思ったけれど、さすがにそれは失礼だと考え直す。青山さんが帰ってくるまでおとなしく待っていた。

トイレから戻ってくると、青山さんは「帰ろう」と私に声をかける。そして、レジに寄らずそのまま外へ出てしまう。

「あの……！　お会計は……」

「もう済ませた。食事付き合ってもらったお礼」

「いや、でも！」

こういうことは上司と部下であってもちゃんとしないといけない。それなのに、バッグから財布を取り出すと、手で押し返される。

「いいって。俺がそうしたいから、出させて」

「でも……！」

そういうわけにはいかないと食い下がると、青山さんは困ったように微笑んだ。

「じゃあ、前に貰ったお金を返したことにして」

「……え？」

「二万円。忘れた？」

——二万円！

その言葉を聞いて、心臓が跳ねるように反応した。

二万円、ホテル、泥酔、ベッド……と連想ゲームが始まる。

いやいや、変なことを思い出すのはよそう。目の前に、その変なことをした相手がいるというのに。

「女性にホテル代を払ってもらうなんて申し訳ない。返したいと言っても聞いてもらえなかったから、その代わりに食事に付き合ってもらったってことでどう？」

意地悪そうな笑みを浮かべて私の顔を覗き込んでくる青山さん。その魅力的な顔を直視しないようにとさっと俯《うつむ》く。

「……ね？」

「は、はい……」

「じゃあ、送るよ」

「いえ、大丈夫です」

「女性を一人で帰すわけにはいかないよ。せめて駅までだけでも送らせて」

青山さんは引き下がらない。

どうしてこんなに可愛くない態度ばかり取る私に優しくしてくれるのだろう。

それに私のことを女性として扱い、ちゃんと車道側を歩いてくれるし、最寄り駅まで送ってくれた。そんなに心配してもらわなくても平気なのに、「心配だから」って譲らない。

青山さんって不思議な人だ。

ああでも……ずっとはぐらかしてばかりいるけど、今度こそ伝わるようにちゃんと言わないと。

――もう気にしないでください。お互いなかったことにしましょう、と。

＊＊＊＊＊

結婚相談所LOVENTの入っているビルは、比較的分かりやすいところにあり、初めて訪れたときも迷わず行くことができた。

外観も内装も小奇麗で、女性が安心して利用できるような雰囲気になっている。

私の担当の中年女性もとても優しく、話し方が上品で、緊張していた私をリラックスさせてくれた。

そんな彼女から突然メールが来たので、私は今日仕事帰りにLOVENTに寄ることになった。

「田中さん、急にお呼びたてしてしまって、ごめんなさいね」

「いえいえ。私もちょうどお話ししたかったんです」

「そうでしたか。では、こちらのお部屋にどうぞ」

彼女に案内された個室に入り、アンティーク風のラウンドテーブルの前についた。

メールの内容は先週の婚活パーティで突然退席したことを心配するもので、彼女はそれをとても気にしているようだった。あのときは会いたくない相手がいたから帰っただけで、LOVENTに落ち度はないと誤解を解いておかなければ。

「お仕事お疲れさまです。いつもこの時間に帰られているのですか？」

「いいえ、今日は早いほうです。最近は忙しくてもう少し遅くまで働いています」

「まぁ……。大変ですね。田中さんは、ベビー用品を扱われている会社にお勤めでしたよね」

「はい。そうなんです」

担当さんは温かい紅茶を出してくれた。

「私も少し前のことですが、御社のベビーカーのお世話になったんですよ」

「そうなんですか？」

「はい。デザインがすごく可愛いのが気に入って買ったんです。今でも捨てられなくて記念に残しています」

担当さんは向かいの席に座ってにっこりと微笑む。

「ベビー用品って、母親からすると、一つ一つすごく思い入れがあって大事なものなんです。我が子のために、と思って買うでしょう？　それを使っている子どもを見て、とっても嬉しくなりますしね」

「はい、そうですよね」

「だから田中さんのお仕事って素敵だなと思います」

「ありがとうございます」

私は微笑した。こんなふうに言ってもらえて嬉しい。実際に使っている人の話を聞けて、ラブベビチルドレンというブランドを誇らしく思う。

「田中さんも早く御社の製品を使える日が来るといいですね」

「……はは、そう、ですね」

そういう相手がいればいいのだけど。

って、そういう相手を探しに、ここに来ているわけだ。担当さん、どうか、いい人を紹介してください！

「さて本題に入りますね。本日はお疲れのところ、ご足労いただきありがとうございます。単刀直入に申し上げますと、田中さんにとても素敵な男性から交際の申し出がきています」

「え!?」

「田中さんが求めていらっしゃる希望の条件にぴったりで、容姿も申し分ない方です」

「まさか……」

「そのまさかなんです。私、あまりにも素敵な男性なので、テンションが上がってしまって……！いてもたってもいられず、こうして田中さんをお呼びたてしてしまった次第です」

私に交際の申し込み……？

結婚相談所に登録してまだ一ヵ月も経っていないし、婚活パーティは失敗に終わったのに、こんなトントン拍子に進んでいっていいのかな？

私にぴったりの人って、どんな人なのだろう……？

「あ、でも。私側の条件は満たしているかもですが、お相手の方は私を見てガッカリしませんかね？」

「大丈夫です。先日の婚活パーティで田中さんをお見かけされたということですから。先方もちゃんと気に入られていますす」

ええ？　本当に……？

始まってすぐに退席してしまったというのに、私を見てくれていた人がいるの？

すごい、もしかして、これって運命の人かもしれない！

担当さんの話を聞いて、嬉しさで胸がいっぱいになった。

「今日、ちょうどその方もこちらにお見えなんです。よければ、今からお会いになってみませんか？」

「ええ？　今からですか？」

「はい」

まさかの展開に驚く。今日は仕事帰りで、この前の婚活パーティのときみたいにオシャレしていない。どちらかというと地味めの格好だ。こんな格好の私を見たら、ガッカリされてしまうかも。

「でも、今日はこんな格好ですし、日を改めて……」

「いいですか、田中さん。こうしてチャンスが来たときに掴んでおかないと、後悔することになりますよ。もし会ってみて、嫌なら断ればいいことです。時間を置いてしまったことで、他の方とうまくいってしまわれたら、次はないかもしれないんですよ」

前のめりで話す担当さんに気圧《けお》されて、私はぱちくりと瞬《まばた》きする。

た、確かに、担当さんの言う通りだ。せっかく私を気に入ったと言ってくださっているのに、顔合わせを引き延ばすなんて失礼だよね。

もし私の服装が気に入られなければ、それまでの相手だったってこと。付き合ったり結婚したりすれば、こんな格好をしているところなんて必然的に見られるのだから、気にすることなんてない……よね。

「分かりました、会います」

「よかったです。じゃあ、すぐに準備いたしますので、少々お待ちください」

担当さんが退席したあと、私はお手洗いに行って軽くメイク直しをした。会社からつけっぱなしだったメガネを外して髪を整える。

「ふう……」

高鳴る胸を落ち着けるために、ゆっくりと深呼吸した。

一体、どんな男性だろう……

この結婚相談所に登録するときに、収入や家族構成など事細かく希望を聞かれた。その条件にぴったりだなんて、期待が高まる。

外見は格好よすぎることさえなければどうでもいいけど、優しくて思いやりがある人だったら最高だな。私もついに、結婚への第一歩を踏み出すときが来たのか……

「あ、もう行かないと」

腕時計を見て、急いで部屋へ戻る。担当さんはすでに部屋の中にいて、私の帰りを待っていてくれていたようだ。

「では、田中さん。お相手をお呼びしますね」

「はい」

席につくと、担当さんが相手の男性を呼びに一時退室していった。

ドキドキドキ。

速くなる鼓動を感じながら、緊張して相手の登場を待つ。そして、ゆっくりとドアノブが動いた。

来た！

担当さんの後について、入ってくる男性が見える。

長身で、スーツを着た——

「あ、青山さんっ!!」

えええええーっ。

思わず椅子から転げ落ちそうになる。

「あら？　お二人はお知り合いでした？」

「同じ会社ですからね」

担当さんと青山さんは顔を見合わせて、ふふっと穏やかに笑っている。

あら？　じゃないよ。しかも青山さんは分かっていていてそこにいますよね？

あ～あ、こんなオチがあるなんて。よく考えたら、そんなうまい話があるわけないもんね。あの婚活パーティで出会ったのは青山さん一人だけだったし、当然の結果といえばそうなんだけど……

でも、どうして？

わざわざこんな回りくどいことをしなくても、会社で会えるのに！

「あ、あの……これは、一体……」

「こちらは青山蒼汰さん、三十二歳です。今回、田中さんとの交際を希望されていますのでご紹介させていただきました」

「ご、紹介って……すでに、知り合い、と言いますか、私たち同じ会社、でして……」

「同じ会社でもお知り合いじゃないかもしれないと思いまして。とにかく二人の条件がぴったりで驚いたんですよ。しかも職場も同じなんて、運命を感じませんか？」

「ですよね、僕もそう思います」

二人は顔を見合わせて、「ねーっ」と喜んでいる。いやいやいやっ。

「とにかく今から一時間ほどお時間をお取りしますので、お二人でお話をしてください。すでにお知り合いということなので、私は席を外しておきますね」

「はい、ありがとうございます」

すかさず青山さんが返事をする。

「では、ごゆっくり」

「ああ！　あの……っ」

にこやかに退室していった担当さんに手を伸ばすけれど、そのまま扉が閉められ、私と青山さんは二人きりになってしまった。

な、なぜこんなことに……

先週の婚活パーティの悪夢、再び。

私の向かいの席についた青山さんは、私の顔をにこやかに見つめている。

「青山さん……これは、一体どういうことですか！」

「どうもこうも。ちゃんとした手順を踏んで、交際の申し込みをしたんだけど？」

「いやいやいやっ！」

ちゃんとした手順がなんなのかは分からないけれど、またそんなことを言い出して！

私のことをからかっているに違いない。

どこまでも悪趣味な人だ、と呆れる。

「君とはいろいろ話したいことがあるんだ」

ドキ！　じゃなくて、ギク。もう、何？　なんなの……。心臓に悪い。

いろいろ、という括《くく》りの中に昔の過《あやま》ちの件が含まれているような気がして、恐れおののく。

あの夜を過ごしてから、ずっと避け続けてきたというのに、とうとう面と向かって話さなければならなくなった。

「俺は今年で三十二歳、鳳凰《ほうおう》学院大学経済学部を卒業してすぐにビジョルに就職して、そのあとラブベビに転職した。中学からサッカーをやっていて、全国大会に出たことがある。……けど試合中に怪我をしてしまって高校を卒業と同時にやめた。今でも観戦は好きで、週末はよく試合を見に行っていて――」

え？　ええ……？

あのときの話をされるのかと思いきや、自己紹介？

高校は男子校に通っていただとか、母親の姉妹が多く、親戚に子どもが多かったので自然と子どもも好きになり、この業界に就職したのだとか、海外旅行が好きだとか。

初めて海外に行ったとき、現地で迷子になって泣きそうになった話、それから泊まったホテルのエアコンが故障して大変だったエピソードを話してくれた。

今まで知らなかったような彼の話をされて、私はひたすら相槌《あいづち》をうつ。こんな話、会社ではする機会なんてない。

……というより、私がシャットアウトしていて、こういう話を聞こうとしていなかっただけかもしれないけど。

青山さんの話は楽しくて、つい噴き出してしまった。

「田中さんは、旅行とか好き？」

「はい。海外も何度か行きましたけど、国内も好きです。美味《おい》しいものを食べるのが好きなので、友人といろいろなところに行きます。最近では京都に行きたいなって思っていて――」

「京都いいよね。俺もこの前まで関西にいたから、京都には行ったよ。京都の夏といえば納涼床《のうりょうゆか》なんだけど、知ってる？　暑い季節に料理屋さんが川の上に張り出すように座敷を作って、そこで料理を提供してくれるんだ。鴨川《かもがわ》沿いの床《ゆか》に何度も行ったよ、もちろん祇園《ぎおん》にも。さすがに舞妓《まいこ》遊びはしていないけれど、本物の舞妓さんとすれ違ったときは嬉しかったな。鴨川の床はたくさんの人で賑わって、とてもよかった」

「へえ！　素敵ですね。私もお寺とか、神社とか見たくて。あまりこちらではないような街並みも見られるんですよね？　いいなぁ」

気が付けば、青山さんにつられて話をしてしまっていた。しまった、と我に返って手で口を覆う。

「……すみません、関係ない話をベラベラと」

「どうしたの？　俺から話を振ったんだから、謝らないでよ」

この人はなんでここまでして私とコミュニケーションを取ろうとしてくれるのだろう。彼がイケメンすぎるので何か裏があるのではと疑ってばかりいたけれど、もしかしてそれは誤解なのかもしれない。

ただ単純に、私と仲よくなりたいと思ってくれているだけかも。

もしそうだったとしたら、すごく想われている……？

「もっとこういうふうに、普通に話したい。なぜか俺は、君に避けられているみたいだけど」

青山さんは、困ったような表情で笑う。そんな切ない顔をさせてしまったことに胸が痛んだ。けれど、ふっと頭の中に声が蘇《よみがえ》る。

――俺が琴美なんかに本気になるわけないでしょ。

それは、大学生の頃に付き合っていた彼氏の言葉。

彼が友人たちと話しているところを、たまたま聞いてしまったのだ。直接言われたわけではなかったけれど、その言葉を聞いて私の心は粉々に砕け散ってしまった。

確かに彼はとても頭がよくて格好よくて、私にはもったいないくらいの人だと思っていた。それでも彼が好きだって言ってくれたから、私は——

今考えると、身の程知らずもいいところ。私のことを好きになる人なんて滅多にいない。いたとしても、あんな素敵な人じゃない。

きっと青山さんも特別な意味なんてなくて、同じ会社の人間だから親交を深めようとしているだけじゃないかな。

もしくは、手軽に手を出せそうな私をからかって遊んでいるだけ？

現にほら、前に一晩だけ過ごしてしまったじゃない。きっとまた、ああいうことがしたいだけかも……。だって、元カレは……

ぐるぐると元カレの言葉が頭を回り、落ち込んでくる。

「……田中さん？」

急に黙り込んでしまった私の顔をうかがう青山さんから視線を外して、私は帰り支度を始めた。

「私、帰ります」

「いや、ちょっと待って」

席を立つと、彼も同時に立ち上がり、私の腕を掴む。

「放してください」

「だめだ」

「だめ……って」

こんなふうに腕を掴まれていたら帰れない。その上、掴まれている大きな手から温もりを感じて、胸が騒ぎ出すのを止められない。

「どうして俺のことを避けるんだ？　嫌いなら嫌いとはっきり言ってほしい」

どうして……って。あなたがとても素敵な男性だからです、なんて言えない。そんな理由じゃ、褒めているみたいだし避ける理由にならない。だからといって、私の苦い過去は話したくもない。

どうしようか悩んでいると、射貫《いぬ》くような熱い眼差《まなざ》しで見つめられた。

「君の口から嫌いだと言われたら、すっぱりと諦めるから」

私は呼吸を忘れるほど彼に見とれた。すごくドキドキしている。

——嫌いって言うんだ、琴美。

そうすれば、いつも迷惑に思っていたことが全て終わる。しつこく付きまとわれることもなくなるし、過去のことも忘れてもらえる。

現に青山さんと再会するまでは、心穏やかな毎日を送っていたじゃない。

そんな毎日に戻るため、言うんだ。

「え、っと……」

——青山さんのこと、嫌いです！

そう言うんだ。

ほら、琴美！

「嫌い…………じゃ、――」

「え？」

「嫌い……じゃ、ありません……けど、でも……」

ああ、もう！　何を言っているの。嫌い、で止めないといけないのに、勝手に言葉が続いていく。

「苦手、なんです」

「苦手……。どこが？　悪いところを教えてくれたら、直すから」

ああ、もう、どうしよう。イケメンなところを直すなんて絶対にムリじゃない。でも理由はそれだし、なんと言えばいいの？

「言わないと、キスするよ」

「え、えー!?」

そんなことを急に言われても、どうすればいいの？

パニックになった私は、彼の顔をじっと見つめたまま動けなくなった。

「言わないつもり？」

「え、えっと……、その……」

どうしよう、どうしよう!?

青山さんの顔が少しずつ近づいてくる。

獲物を捕らえる肉食動物のように、無駄のない動き。絶対に私を逃がさないつもりだ。

ゆっくりとした動きで時間的猶予は与えられているのに、頭が真っ白になってしまい、足が動かない。私は何も言えずに俯《うつむ》いた。

きゅっと目を閉じて体を強張《こわば》らせると、頬に柔らかな唇が一瞬だけ触れて、すぐに離れた。

私は驚いて顔を上げる。

「……唇にしなかっただけ、紳士だったと褒めてほしいよ」

「し、紳士は、こんなことをしない、かと……」

大きくなる鼓動に気が付かれないために、精一杯平静を装《よそお》う。本当は叫び出してしまいそうなくらい取り乱しているのに。

「俺の悪いところを言ってくれないようだから、一緒に過ごして一つ一つ直していくしかないみたいだね」

「一緒、に……？」

「そうだ。言葉で教えてもらえないなら、行動を共にして、これがだめなんだとその場で指摘されないと分からないだろう」

な、なんですか、その理論……！

「今日はもう遅いから、今週末にゆっくり会おう」

「いや、でも」

「でも、何？」

「わ、たし……企画書の提出がありますし、忙しいから無理です！」

「企画書の提出は金曜日までだ。期限を過ぎるつもり？」

「いや……それは」

「まぁ、いい。もしそれを過ぎるようなら、週末俺と一緒に考えることにする。分かったね？」

ええ〜っ!!　それって、金曜日までに提出できたら週末は会うことになるし、提出できなくても一緒に仕事をするってことで、どのみち一緒に過ごすっていう話じゃないですか！

「じゃあ、また明日」

「そんなの、困ります！　あ、あの……っ」

私がまだ話をしているというのに、青山さんは部屋から出ていってしまった。

結局、彼の思い通りになっている気がする。

私はどうして「あなたが嫌いだ」とハッキリ言えなかったのだろう。その言葉を言おうとすると、ブレーキがかかってしまってどうしても口にすることができなかった。

青山さんに構われて迷惑に思っているはずなのに、完全に突き放せない自分に困惑している。

青山さんにキスされた場所がすごく熱い。その熱は、なかなか冷めることがなかった。

3

ママベビフェスタの企画書の締め切りまで、あと数時間。

金曜日の午後になってもアイデアがまとまらず、私はデスクに突っ伏して頭を悩ませていた。

「大丈夫？」

「鮫島くん……。どうしよう」

「企画書かぁ。俺、そういうの苦手なんだよなー」

「役に立つ知育玩具とか、沐浴《もくよく》セットの紹介がてらの沐浴《もくよく》レクチャーとか、それともおくるみの巻き方講座とかでもいいかもとか考えてるんだ。でも、もっと私にしか企画できないようなものにしたいっていうのもあって……」

二人でああでもない、こうでもないと話し合う。結局、いい案は浮かばない。

「もし悩んでいるんだったら、青山さんに相談すれば？　青山さんがプロジェクトリーダーなんでしょ？　的確なアドバイスをくれると思うよ」

「う……」

それはそうだろうね。青山さんならきっと突破口になるようなアドバイスをいろいろしてくれるに違いない。

けれど彼には頼りたくないのだ。青山さんとこれ以上接点を増やしたくない。それでなくてもプライベートな部分でかかわってしまい困っているのに。

結婚相談所では青山さんを紹介された手前、他の相手を紹介してもらいづらい。何しろ担当さんから「青山さん以上の人はいませんよ！」と、断言されてしまったのだ。私はそれ以上何も言えず、おのずと婚活はしばらくお休みになった。

ほとぼりが冷めたらまた再開しようと思っている。

はぁ、それにしてもあれほど避けているつもりなのに、どうしてこんなに接点が多いのだろう……

「あまり根を詰めないようにな」

「ありがとう」

結局アイデアがまとまらず、私は企画書の提出を月曜の朝まで待ってもらえるようお願いした。

終業時間が過ぎ、金曜日ということで、周りはさくっと仕事を終わらせて帰る中、私だけパソコン画面とにらめっこをしている。

「……うー。どうする、私」

鮫島くんが帰り際に、「とりあえず、なんでもいいから書いて出せば？」と言ってくれたけれど、それじゃだめだ。

品質管理部の代表に選んでもらってこのプロジェクトに参加しているのに、適当な仕事はしたくない。自分の納得するようなものを提出したかった。

頭を働かせながら考え込んでいるとき、背後から声をかけられる。

「田中さん。もうすぐ俺も帰るけど、大丈夫？」

「あ、青山さん」

オフィスにかかっている時計を見ると、すでに八時を過ぎている。青山さんのデスクはすっきりと整頓《せいとん》されていて、本日の業務は終了している様子だ。

もしかして私の企画を気にしていてくれたのかな？

「すみません、実はまだ考えがまとまっていなくて」

「そうなの？　よかったら話聞こうか？」

「いいえっ、大丈夫です」

必死に断るも、相変わらず青山さんの押しは強い。

「こんな時間まで残っていて、大丈夫じゃないだろ？　いいから話してみて」

青山さんに押し切られる形で、何点か考えた内容を話してみた。彼は真剣に聞いて、一緒に悩んでくれる。

「うーん、そうだね、確かに品質管理部ならではの内容のほうが魅力的だね」

「……ですよね」

その、私にしか考えつかないようなこと、というのが難しい。

青山さんに時間を割《さ》いてもらっていろいろ質問したけれど、結局、「これだ！」というものは出てこなかった。

最終退社時間が近づきビル自体が閉まってしまうので、そろそろタイムリミットだ。今日は諦めて帰るしかない。ここまで付き合ってもらったのに申し訳なくなる。

「遅くまで付き合ってもらってすみません」

「いいよ。けど企画書が提出できなかったってことは、週末一緒に仕事の続きをすることになるけれどそれでいい？」

「う……」

先日、結婚相談所で話をしていた内容を思い出して、何も言えなくなる。

あのとき返事をしていなかったけれど、提出期限を守れなくて迷惑をかけているため反論できない。

「じゃあ明日、市場マーケティングに行こうか」

「市場マーケティング……ですか？」

「ああ。きっといいアイデアに繋がると思う」

「は、はぁ……」

一体どこに行くつもりなんだろう。なんだか大変なことになったな……

力なく返事をして、私はため息をこぼした。

――翌日。

いつもより早く目が覚めた私は、いてもたってもいられなくて出かける準備を始めた。

不本意なことに、素敵すぎる人と行動を共にすることになってしまったのだ。少しでも、見劣りしないようにしなくては。

こういうとき、一体どういう格好をしていけばいいのだろう。

部屋の奥にあるクローゼットを開き、並んでいる洋服を眺めながら、コーディネートを考える。

可愛い感じ？　それとも大人っぽい感じ？　いやいや、カジュアルだったりして？

青山さんはどんな格好をしてくるのだろう？　どういう格好をすれば違和感なく隣にいられるのかな？

先日出会った婚活パーティでは、お互いフォーマルな格好だったし、彼の私服がどういうものか想像がつかない。

昨日青山さんから指定されたのは、フラットシューズで来ることのみだった。どうして靴だけ指定されたのか全く理解できないのだけど、市場マーケティングにかかわることなのかもしれないので、それは守るつもりだ。

ああーっと頭を悩ませていると、壁がドンッと叩かれた。

「琴美、うっせえ」

「……ごめんなさい」

こんな早朝から物音をたてていたため、隣の部屋で寝ている慶に怒られてしまった。

壁ドンって、男性に女性が壁に追い詰められ「ドン！」とされてトキメく～なんてやっているけれど、本来は隣の部屋から壁を叩いてうるさいと抗議されることを言うのだとネットで見たことがある。

私にはこの壁ドンがお似合いですよね、と妙に納得して、再び静かに服を選ぶ。

そもそもデートでもないのに、こんなに悩む必要なんてないのよ。今日は仕事で会うわけだし。

別にどういう系統の服を着ていっても問題はないし、彼に可愛いと思ってもらう必要はない。それなのに何を悩んでいるの。

誰もが羨《うらや》むほどのイケメンと休日を過ごすからと、浮かれてしまっているようだ。これだから非モテ女子は。

いつもの冷静な私を取り戻そう、と深呼吸する。けれど、結局朝食が喉を通らないほど緊張したままだった。

そんなふうに悩みに悩んでチョイスしたのは、シフォンのカットソーにデニムというスタイルだ。カットソーの色は会社では着ないようなベビーピンクを選んだ。

……たまたま、こういう格好になっただけ。か、可愛いと思われようなんて考えたわけじゃないんだからね！

誰にともなく言い訳する。

ああ、でも本当にこれでいいのかなーっ。悩んでいるうちに時間となってしまい、急いで出発することになった。

待ち合わせ場所に指定された駅前に到着すると、そこにはすでに青山さんが立っていた。

「わぁ……」

スーツを着ているところしか見たことがなかったけれど、私服の青山さんはとても清潔感があって上品で、爽《さわ》やかな男性って感じ。派手すぎず地味すぎない、センスのいい大人カジュアルな服をさらっと着こなしている。

こんな素敵な男性の傍《そば》に寄ることが、申し訳なくなってくる。

近づくべきか近づかないでいるべきか悩んでいるうちに、青山さんに見つけられてしまった。こちらに向けてすごく大きく手を振ってくる。

「田中さん、こっち！」

やめて、やめてーっ。

そんなに目立つ振り方をしたら、周囲の人に注目される。待ち合わせの相手が私だと知られたら、青山さんが趣味の悪い人だと思われますって！

顔を引きつらせながら見ていると、彼はにこやかに駆け寄ってきた。

「おはよう！　来てくれてよかった」

来てくれてよかった、って……。すっぽかすとでも思われていたのかな。いくらなんでも上司との仕事の約束をドタキャンする勇気はないですよ。

「今日も可愛いね」

そんなことを言われて、ボンッと爆発したみたいに頬が熱くなる。可愛いの使用方法を間違えている上に多用する青山さんに注意したいけれど、照れてしまった私は何も言えない。

その上、今日も、って。

も、ってなんですか。助詞まで間違えていますよ。

「じゃあ、行こうか」

「は……はい」

何も言えず恥ずかしがっている間に、青山さんは歩き出した。

私たちは並んで歩いて、駅から少し離れた場所にあるビルの中に入る。そしてエレベーターで上階へ向かう。

エレベーターを降りると、可愛いデザインの立て看板が置いてあり、そこには「ベビすぐ！　プレママ座談会」と書いてあった。

「あの……これって……」

「俺と田中さんは夫婦ということでコレに参加する。田中さんは妊娠五ヵ月って設定ね」

「ええっ……！」

妊婦さんは転倒防止のためにフラットシューズを履く。だからフラットシューズで来てほしいと言われたのか、と合点《がてん》がいった。

それはいいけど、私と青山さんが夫婦のフリなんて！

「そんなの無理ですよ、バレますって！」

「大丈夫。ほら、琴美」

青山さんは手を繋ぐように伸ばしてきた。

「い、いやいやいや……っ、そんなこと、できません……！」

「せっかくのマーケティングを台なしにするつもり？　こういう場に潜入して、生の声を聞けるなんて、そうそうないよ」

「う……」

確かにプレママさんの話を聞けるのは貴重な体験だ。その内容は今後の製品作りに活かせることもあるはず。

だからと言って、青山さんと夫婦のフリをするのは……

エスカレーターの前で立ち止まっていると、後から到着した妊婦さんとその旦那さんが歩いてきた。

「ほら、琴美。恥ずかしがらないで」

ちょっと強引に私の手を掴んで、青山さんは優しく微笑みかけてくる。後ろにいた夫婦は怪しむことなく、私たちに会釈《えしゃく》して会場へ入っていった。

あ、あれ……？　私と青山さんじゃ、絶対に釣り合っていなくて不自然な二人なはずなのに、意外と不審に思われていない？

ここに来るご夫婦は、自分たちのことしか見えてないのかもしれなかった。

「ほら、行くよ」

「ちょっ……青山さん！」

「蒼汰って呼んで。夫婦なのに苗字で呼ぶのは不自然だろ」

「そ、そんな……」

そんな慣れ慣れしく呼べるわけない。彼の要求がエスカレートしてきて戸惑いを隠せない。

「だって、俺たち結婚しているんだし、琴美も青山だろ？」

「な、な……！」

そんな平然とした顔で、すごいことを言わないでください！　嘘だと分かっていても、変な気持ちになります！

青山さんは知らないだろうけど、そういうセリフは女性の憧れだ。それをそんなにさらっと自然に言ってみせるなんて、ずるい!!

不覚にもトキメいてしまったじゃない。

イケメンプロテクターであるメガネをしているにもかかわらず、私は大きな衝撃を受けて、息も絶え絶えの状態に陥《おちい》った。

「さ、早く呼んで」

「え……え……」

嘘でしょう？　今、ここで呼べって言うの……？

そんなの恥ずかしくてできない。弟以外の男の人を名前で呼んだことなんて今まで一度もないのに！

「無理です！　そんなの、したことないですから」

「大丈夫。初めては俺が貰ってあげるから」

ひーん！

なんだか違う意味にも聞こえて、またドキドキしてしまう。

完全に青山さんのペースに巻き込まれて、狼狽《うろた》えっぱなし。全然逃がしてもらえなくて、言わないと許されない雰囲気に負けそうになる。

「言わないと、ここでキスするよ」

「そ、それはだめ！　絶対にだめです」

ここは座談会に参加する人たちが通る場所。これから顔を合わせる人たちの前でキスなんてされたら、座談会中、辱《はずかし》めを受けることになる。

「じゃあ、言おうか」

「そ……う、た……さん」

「ん？　聞こえないよ」

うわぁん、絶対聞こえているはずだよ。確かにぎこちなくて声は小さかったけれど、聞こえていたはず。

「ほら、ちゃんと呼んで」

「……蒼汰、さん」

「はい。何？　琴美」

何？　じゃないよ。あなたが呼べって言ったんじゃないかぁー！

意地悪そうな笑みを浮かべて、私を見つめる青山さんはすごく嬉しそうだ。

そんなに私をいじめて楽しいですか！

彼が考えていることが全く分からない。

それにしても。

蒼汰さん……だって。心の中で照れながらこっそり復唱してみる。

今まで弟の名前しか呼んだことがない私にとっては特別な行為で、ぐっと彼に近づいたように感じる。そして――

――琴美。

青山さんの艶《つや》のある低い声で名前を呼ばれると、長年付き合っている自分の名前が新鮮に感じられる。

本当に初めてを奪われてしまった……！

照れている間に青山さんは私の手を引いて歩き出した。

「さ、行こう」

ぎゅっと繋がれた手。大きくて温かいその手に包まれている自分の手を眺める。その間に受付が済み、座談会の行われる会場に案内されていた。

「大丈夫？　足元に気を付けて」

「は、はい……」

本物の妊婦じゃないのに、すごく大事に扱われて擽《くすぐ》ったくなる。

私の歩調に合わせてゆっくり歩いてくれるし、椅子をさり気なく引いてエスコートしてくれた。

「空調の風が来ているけれど、寒くない？」

「はい……大丈夫、デス」

愛《いと》おしい女性にするようなきめ細やかな心遣いの数々が、どれもこれも素敵すぎてキュンとする。

私はぷるぷると首を振った。

これはフリなんだから、トキメいてはだめだ。仕事の延長でここに来ているだけだ、勘違いしてはいけない。

しっかりしろ、私！

気合を入れていると、座談会が始まる。

「今日は『ベビすぐ！』主催のプレママ座談会にご参加くださり、誠にありがとうございます」

『ベビすぐ！』というのは、育児をされるママとパパ向けの月刊誌。とくにプレママがターゲットで、出産についてのあれこれや、赤ちゃんを迎えるにあたって準備するものなどが分かりやすく書いてある。タイアップを組んでうちの製品も掲載してもらうことが多い。

その雑誌主催の座談会ということで、撮影も込みらしく、カメラマンが同席しているのが見えた。

「女性の方は皆さん妊娠されているかと思うので、体調が悪くなったり、お手洗いが近くなったりするでしょうから、いつでも退席してください。外にも休憩スペースをご用意しております」

なるほど。さすが妊婦さん向けのイベントだ。その辺りの配慮に抜かりがない。これも勉強になる。

この座談会は、プレママさん同士の友達を作ったり、情報交換などができるようになっていたりする。それから参加した人にはベビー用品のサンプルなどもプレゼントされるみたいなので、メリットばかりだ。

「初めまして、儀間《ぎま》と申します。妊娠二十八週です。腰痛などのマイナートラブルに悩んでいて、後期なのにつわりもまだ続いていて辛いです。今日は皆さんと少しでもお話しできたらな、と思って来ました。よろしくお願いします」

一人ずつ自己紹介が始まる。夫婦で参加している人もいれば、奥さんだけのところもある。もうすぐ順番が来るので、私は何を話そうかと焦《あせ》ってきた。

「どうしよう、なんて言えばいいんですか？」

「んー？　俺的にはラブラブな感じを前面に出してほしいところなんだけど」

「変なこと言わないでください」

他の人の紹介を聞きながらも、ヒソヒソと小声で話す。

ああ、どうしよう、どうしよう……！　考えがまとまらない間に、私たちの番が来てしまった。

「では、次の方」

「は……はい。えーっと……」

「青山です。妻は妊娠五ヵ月で、あまりお腹が出ていないため周囲から気が付かれにくく、それが少し心配です。妊娠初期や中期って、とても辛いのにお腹が出ていないので妊婦に見えないですよね。でもこの時期が一番大変な時期だと、彼女が妊娠して初めて気が付きました。ずっと心配していたのですが、やっと安定期に入ったので少し安心したところです」

え、ええーっ。何その流暢《りゅうちょう》な自己紹介！

青山さんが、女性である私よりも遥かに妊婦さんに詳しくて驚く。

「妻が緊張しているみたいなので、僕が代わりに自己紹介させていただきました、今日はよろしくお願いします」

そして最後に、必殺素敵スマイルを会場の人たちに振りまく。

な、なんという完璧な旦那さんなのだろう。奥様方からの「優しい！　ステキ！　羨《うらや》ましい！」ビームをひしひしと感じる。

それとも私は経験がないからそう思うだけで、旦那さんってこんなに奥さんのことを考えてくれているものなの？　青山さんの素敵な旦那さん役が完璧なだけ、どっち？

どちらにせよ、私は今まで男性からこんなふうに思われたことない！

「どうだった？」

「……完璧です、いろいろな意味で」

「そう。ならよかった」

周囲に夫婦だと偽っていることに加え、青山さんと一緒に過ごしていることに違和感がありすぎて落ち着かない。

ずっとドキドキ……いや、ハラハラしながら過ごした。

いろいろなトークテーマに沿って話をし、休憩のあとでフリートークの時間になる。

そこで私たちはプレママたちからベビー用品についてどう考えているかとか、どこのメーカーのものを買うつもりかなどをリサーチした。

「うちはビジョルのベビーカーを買おうと思っているの」

「ビジョル！　人気ですもんね」

「そうそう、友達も使っていて、いいって言っていたから」

「どういう基準で選ばれているんですか？」

色、デザイン、タイヤの大きさや、ベビーカー本体の大きさ、あとはレビューを参考にしていたり、価格だったりするらしい。それぞれこだわる部分がまちまちなので、聞いているととても為になる。

「うちはラブベビのベビーカーも気になっているんですけど……どう思います？」

ここでうちの会社の話も聞いてみることに。

よく話をしてくれるママさんに質問してみると、真剣に答えてくれた。

「ラブベビねぇ……。調べてみたんだけど、イマイチよく分からなくて」

「よく分からない……と言うと？」

「まだ新しいブランドでしょ？　レビューも少ないし、周りで使っている子が少ないから使用感が分からないいんだよね」

「なるほど……」

日本人の購買行動の特性として、人気があるなど周囲の動きから判断することがあげられる。このママさんもそうなのだろう。まださほど認知されていないものを買うということは、なかなか勇気がいることだ。

「ベビーカーって高い買い物でしょ？　だから失敗したくなくて」

「確かにそうですね」

一体どうすれば購入してもらえるのだろう？　どういう情報があれば安心して受け入れてもらえる？

そんなことを考えていると、青山さんが話し出す。

「こういう製品って価格が安ければいいってものじゃないですよね。安すぎると逆に不安になるっていうか」

「そうそう、そうなんですよ。やっぱり安全で使いやすいものがいいですね」

――それだ！

青山さんとママさんの話を聞いて、私はぱっと閃《ひらめ》いた。

私は品質管理部だ。日夜製品の安全確認を行っていて、うちの製品が安全かつ品質の高いものだと誰よりも知っている。それを伝えられるのは私たち品質管理部の人間だ。

セミナーに来ている方たちに、うちの製品がどのような品質チェックを受けているか知ってもらいたい。そうすることで信用を得られたら、もっとラブベビが受け入れられて、売り上げが伸びるかもしれない。

これだと確信できる企画書を作れそうな気がする。どんどん頭にアイデアが湧いてきて、早く文字に起こしたいくらい。

「……私、閃《ひらめ》きました」

青山さんに告げる。

「え？」

「ありがとうございます！」

「そう。よかった」

この座談会に参加できてよかった。青山さんに心から感謝する。

心がぽかぽかと温かくなった。

私は青山さんのことを誤解していたかもしれない。ずっとイケメンだってだけで避けて、彼自身を見ようとしていなかったけれど、中身も素敵な人なんだな。

って、そうなるとますます高嶺《たかね》の花感ハンパない。もともと私とは住む世界が違うと思っていたし、さらに二人には埋められない距離があるのだと思い知った。

もっとも、そんなこと、私には関係ない。

それなのに、すごくやるせなく悲しい気持ちになっている。

どうしてそんな感情を抱くのか、私にはよく分からなかった。

4

「あの……どうしてこんなことに？」

「仕方ないだろう、俺たち夫婦なんだから」

座談会が終わり、そこで仲よくなった儀間さん夫婦と一緒にランチをすることになった。二人が住んでいるマンションと青山さんのマンションが同じだったため意気投合してしまったのだ。

妊娠中ということなので軽く済ませて別れようとしたのに、帰る家が同じなので一緒に青山さんの部屋まで行かざるをえなかった。

「まさか階数も近いなんて。ママ友ができて嬉しいです」

「は、はは……。そうですね」

にっこりと微笑む儀間さんには申し訳ない。

私は妊娠もしていなければ、結婚もしていないし、彼氏もいないんです。

せっかく儀間さんと仲よくなれたのに、本当のことが一つもないのが辛い。

「じゃあ、私たちはここで」

「はい。また遊んでください」

私と青山さんはエレベーターを降りて、儀間さん夫婦に手を振った。エレベーターの扉が閉まって、上階に上りきるまで見送る。

「もういいでしょうか？」

「だめだろ。とりあえず家の中まで入って」

「ええーっ」

そんなぁ！　青山さんの家に入るなんて、気が進まない。それに早く帰って企画書をまとめたいのに。

「万が一すぐ出ていくところを見られたら、怪しまれるだろう」

「う……」

青山さんはせっかくここまで完璧に夫婦役を演じたのに、バレたら水の泡だと言う。私も嘘をついていたことを知られて、儀間さんを悲しませるのは気が進まない。お腹の子をビックリさせてしまったら悪いし。

「分かりました。じゃあ、少しだけ……お邪魔します」

「じゃあ、行こう」

エレベーターから離れ、一番奥の角部屋の前まで促《うなが》される。

「はい、どうぞ」

「……お邪魔しまーす……」

青山さんは慣れた様子で鍵を開けると、玄関にあるシルバーのトレイに鍵を置いて中へ入っていった。一方の私は警戒しつつ、そーっと忍び足で玄関に上がり周りを見回す。

「こっちだよ」

「……ハイ」

なかなか部屋に入らないのを不思議に思ったのか、奥の部屋から青山さんに呼ばれた。

青山さんは女性を部屋に招き入れることに慣れているかもしれないが、経験のない私は緊張するということを理解してほしい。

リビングに入ると、白と黒で統一されたスタイリッシュでオシャレな空間が広がっていた。整理整頓《せいりせいとん》されているし、センスもいい。以前に話していた通り、サッカーが好きなようでサッカーボールやユニフォームが飾られている。私自身は、あまりサッカーに詳しくないけれど、置いてあるユニフォームは海外のチームのもののようだ。

それから観葉植物もあって、きっちり手入れされている。どこからどう見ても、これはモテるな、と感心してしまう部屋だった。

「適当に座って」

「テ、テキトウ……って、どうすれば……」

男性の部屋でどう過ごせばいいのかなんて分からない。

適当——つまり適切かつ最適な居場所がどこか見当もつかず、私は動けずにいた。

「もしかして緊張してる？」

「し、しますよ。当然です」

「こういうのも初めて？」

「……何か問題でも？」

「いや、問題ないよ。じゃあ、そこのソファに座って。お茶を淹《い》れてくるから」

「お気遣いなく……」

鼻歌が聞こえてきそうなほど上機嫌な青山さんは、アイランドキッチンに向かう。手際よくお茶を淹《い》れているようで、いい香りが漂《ただよ》ってきた。

「お待たせ」

青山さんから差し出されたマグカップからは湯気が上がり、ふんわりと甘い香りがする。普通の紅茶じゃないみたい。

「すごくいい香りですね」

「ああ。これはノンカフェインのルイボスティーなんだ。フレーバーは……ベリーとアプリコットとハニーって書いてあるね」

「はぁ……美味《おい》しい」

ルイボスティーってもっとクセのあるものかと思っていたけれど、これは紅茶以上の美味《おい》しさだ。

「それはよかった」

「ルイボスティーがお好きなんですか？」

「いや、これは貰いもの」

「へえ……」

こんなものをプレゼントしてくるなんて、女性……だよね、きっと。

そもそも青山さんって恋人はいないのかな。

何もしなくても女性が放っておかないだろうに、どうして婚活パーティになんか参加していたのだろう。

謎は深まるばかりだ。

そして、温かいルイボスティーを飲んでほっこりしたあとは、ここで企画書を作らせてもらうことになった。私は彼のパソコンを借りる。

土曜日の夕方、こんなふうに上司の家で仕事をすることになるなんて想像してもいなかった。

ソワソワとして落ち着かないけれど、頭に湧いてきたアイデアをまとめるべく、パソコンに向かう。

今日聞いたママさんたちの意見を参考に、少しずつイメージを固めた。

「できたぁ！」

何度読み返しても満足できる出来だ。これなら胸を張って提出できる。パソコンデスクから振り返ると、リビングの中央に置かれたソファで眠る青山さんが見えた。

「寝ちゃっ……た？」

座ったまま目を閉じている青山さん。寝顔すら尊《とうと》いほどの秀麗さで見とれてしまう。

そっと近づいて彼の寝顔を見つめ、ボンヤリとあの日を思い出した。

――この寝顔を見るのは、二回目だ。

一度目は送別会の日の翌朝。

まさか青山さんと、一晩過ごしてしまうなんて夢にも思わなくて、現実に起きていることだとは信じられなかった。

今でもそう。

再会して、こうやって近くにいる。

もう二度とかかわることはないって信じていたのに。

青山さんは、私のこと、どう思っているのだろう……

今まで何度も考えたことを、もう一度考えた。

私は地味で目立たず、どこにでもいそうで、特に取り立てていいところなんてない。

青山さんの周りにいる女性たちみたいにニコニコして近寄っていったりしないから、珍しいと思われているのかな。それとも、やっぱり手を出してしまったという負い目で優しくしているとか？

二年前、私のことが好きだったと言っていたけれど、あれは本当なの？　……いや、さすがにそんなわけはないよね。

何をバカなことを考えているんだ、と自嘲して立ち上がる。

「私、帰りますね……。お邪魔しました」

小さく呟いて離れようとした瞬間、手首を掴まれた。

「ふぁっ!?」

気が付いたときには、引き寄せられてソファに押し倒されている。

「え……？　ええっ……!?」

「なんで帰るなんて言うかな。ここは眠る俺にそっとキスとかするシーンじゃないの？」

「な、ななな！」

何を言っているの!?　っていうか、寝ていなかったのですか！

血迷って変なことをしなくてよかった。って、するはずはないのだけど。それよりもこの体勢、どうなっているの！

青山さんに覆いかぶさられ、身動きが取れない。顔も近いし、これは非常によくない状況かと……！

「ねえ、企画書が終わって一段落《いちだんらく》ついたことだし、そろそろ俺のどこが苦手なのか教えてくれないかな？」

「あの、話の脈略がなさすぎませんか……っ」

「そう？　この前も言っていたと思うけど」

――嫌いじゃありません。でも、苦手なんです。

そう言ったのは確か。でも苦手なところを直すから教えてほしいと言われても、説明なんてできない。

「俺たちは一度深い関係になった。そこから君の態度がより冷たくなったよね？　俺とのセックスがよくなかったってこと？」

「………………っ」

再会してからお互い一度も核心に触れてこなかったというのに、ストレートに質問を投げかけられて言葉を失う。

よくなかったなんてことはない。今でもあの日のことがたまに夢に出てくるほどよかった。正直、忘れようとしても忘れられなくて困っているくらいだ。

「でも二年前だから、あまりよく覚えていないんじゃない？」

「え……？」

「今からもう一度してみるから、悪いところがあったら、ここだって指摘して。直すから」

ええええ――！

青山さんの言葉に驚いている間に、彼は私の頬を撫で、そっと優しく口付けを落とした。

嘘……でしょ？

またこうして青山さんとキスをするなんて。

柔らかくて弾力のある唇が何度も触れてくる。そのたびに、胸が大きく高鳴った。

心臓が壊れてしまうんじゃないかと思うほど速い鼓動を感じながら、突然のキスに抵抗できず、されるがままになっている。

「……ん、ぅ……待っ、て……ぁ、ぉ……、や、まさ……ッ」

「ん……。キスが……よくなかった？」

ちゅ、ちゅっと押し付けるようなキスに悪いところなんてない。そうじゃなくて、恋人同士でもないのにしてしまうことがよくないわけで……

そう言いたいけれど、唇を重ねているから言葉を発せられない。

「こんな軽いのじゃ、満足できないってこと？」

「……ゃ、っ」

彼の舌が私の唇を舐める。そして生温かい舌が口内に入り、擽《くすぐ》るようにいやらしく動き回った。

舌を濃厚に絡ませられ、甘い痺《しび》れが広がる。

でも……だめ。ここで、止めなきゃ。

「ぁ……だ、め……、っぁ……お、やまさ……」

とろけるようなキスを受けながら、必死で抵抗するのに、彼の腕の中から逃げられない。ほだされたらだめだと自分に言い聞かせるが、触れ合う場所は柔らかくて気持ちがいい。

「琴美の顔、とろけてるよ」

「そ……んなこと……」

「これじゃなさそうだ。よかった」

何も言っていないのに、違うと判断されたみたい。私、一体どんな顔をしているのだろう。

青山さんからの口付けは止めないでほしいって思うほど気持ちがよくて、何度しても足りない。すぐに次が欲しくなって、ずっと触れていたいくらいだ。

こんなこと絶対に言えないけれど、こうしていると体が熱くなってきて、自分が自分じゃないみたいにコントロールできなくなっていくから困る。

「じゃあ、次」

そう言うと青山さんの顔が首筋に向かった。手で首にかかった髪を払い、首筋や耳の側に唇を寄せてくる。

「……っ、ぁ……！」

「ここ、弱いの？」

「こんなの……だ、め……っ、……くすぐ……たい……っ」

「へえ、そうなんだ」

だめだと言っているのに全然やめてもらえない。むしろさらに息を吹きかけたり、ちゅっと吸われたりと執拗《しつよう》に責められる。そのたびに声を漏らし、体を揺らしてしまった。

「青山さんってば……！　だめ……っ」

「くすぐったいって、性感帯になる可能性があるってことなんだよ？　だから気持ちいいはず」

「あっ、ん……っ、ゃぁ……んっ」

ぬるついた舌で首筋を舐められ、そして耳たぶにキスをされる。キスだけで終わらず、食《は》んだり舐めたりも。ぞくぞくと体が戦慄《わなな》いて、声が止まらない。

青山さんの胸を押して離してほしいとお願いしても、彼に解放してくれるつもりはないらしい。

どうすることもできない状況で、ひたすら極上の感覚にクラクラしている。

抱き寄せられると、女性とは全く違う作りの大きな体躯《たいく》を感じて彼の男らしさを思い知った。

「琴美。今日一日、俺たちは夫婦だ」

「な、何を言っているんですか。あの座談会のときだけですよ」

「いや、まだだ。儀間さんたちが訪ねてくるかもしれない。ちゃんと夫婦でいなきゃ」

「そん、な……」

まるで今やっていることは、夫婦の営《いとな》みだといわんばかりに、なんの躊躇《ためら》いもなしに続けられる。

「ねぇ、さっきみたいに名前で呼んで」

「ぁ……っ」

息を吹きかけるように甘い声で囁《ささや》かれると、小さな吐息がこぼれた。私の戸惑いなど全く構わずに、彼は耳の形を確かめるようにぬるついた舌で舐めてくる。

「あ……はぁ……っ」

「ほら、琴美。呼んで。呼ばないと、俺たちの関係を会社の皆に話すよ」

「な……っ」

「俺たち、ただの上司と部下でなく、深い関係なんだって。俺は琴美に好意を抱いているけれど、肝心の君が相手にしてくれないから困っているってね」

そんな……！

それでなくても、青山さんが不用意に私を構ってくるたびに女性社員たちから冷ややかな視線を浴びている。もしそんなことを吹聴されたらと想像しただけで恐ろしい。

「だ、めです……っ、ん……！」

「じゃあ、呼んで」

「もう……、あぁ……っ、それ……脅迫……じゃない、ですか……」

必死で抵抗しても、彼は意地悪く笑うだけで反省などしていない顔をする。早く言ってほしいと言わんばかりの熱い眼差《まなざ》しで、首筋や頬にキスをされた。

「早く。琴美」

「そ……蒼汰、さん……」

そう呟くと、奪うみたいな激しい口付けをされる。

「は、ぁ……っ、ん……んぅ……」

唾液がこぼれるのも構わずに、くるおしいほど舌を絡ませて呼吸さえ許さないような情熱的なキスを与えられた。

名前を呼んだだけでこの人はこんなにも喜んでくれるのか。不思議に思いつつも、そんなところがとても可愛く感じる。

「もう一度」

「蒼汰さん……」

「二人きりのときは、ずっとそう呼んでほしい。悪いけど、君に対しては抑えきれないほど強欲なんだ」

青山さんの中で何がそこまでさせるのか理解できないけれど、彼が嘘をついているようには思えなかった。心底嬉しそうで、つい照れてしまう。

「琴美も俺を欲しがるようになればいい。他の男じゃ満足できないくらいに」

「……あ！」

彼の大きな手のひらが、私の体を撫で始める。肩や腕、それから胸元と、膨らんだ場所を見つけると覆うように動き、揉み出す。

「ん……っ、はぁ……。あっ」

服の上からなのに、すごく興奮する。優しい手つきだけれど大胆で、揉まれるたびに下腹部がジンジンと熱くなるのを感じた。

「あのときは、酔っていたからすぐに脱がせてしまったけれど、今日はじっくり責めていくことにする。いいかな？」

「や……っ、そんなの……」

そんなことを一つ一つ確認しないで。こんなことをしているだけでも恥ずかしいのに、言葉にされたら、羞恥《しゅうち》で泣いてしまいそうになる。

「それとも……早く直接触ってほしい？」

恥ずかしくてたまらないはず。でも、心の奥にはもっと触られたいという欲求がある。それを青山さんには見透《みす》かされているように感じた。

質問に答えられずにいると、服の裾から手を入れられてお腹を撫でられる。

「またこうして琴美に触れられるなんて嬉しい。前と全然変わってない」

肌の感触を味わうように、何度も何度も撫でられて、その手の動きに翻弄《ほんろう》された体が震える。こそばゆいような、気持ちいいような微妙な感覚に困惑しながらも感じていた。

「脱がせてもいい？」

「……だめです。もう……やめましょう？」

誘惑するような眼差《まなざ》しで見つめられるも、力を振り絞って抵抗する。これからも職場で顔を合わせるのだから、こんなことをしてはいけない。

二年前のことは酔った勢いだったし、もう仕方がないけれど、今回はここで何としてでも阻止しないと。

「そうか、着衣のまましたいってこと？」

「いや、そうじゃなくて」

「じゃあ、下着だけ脱がそうか」

「あっ……！」

カットソーの中に両手を入れられて、ガサゴソと器用にブラジャーを抜き取られてしまった。

「青山さん！」

「蒼汰でしょ？」

「う……。蒼汰さん、やめてください」

「だって琴美が脱がさないでほしいって言うから」

服の中に手を入れられたまま、両胸を鷲掴《わしづか》みにされている。揉まれるたびに服がモソモソと動いて、すごく悪いことをされているみたいだ。

「や……だぁ……っ、蒼汰さん」

「琴美ってこんなプレイが好きなんだ？　でも着衣のまま っていうのもエロくていいね」

「あ、ああ……っ」

服のせいで動いている様子がはっきり分からないことが、すごくいやらしい。見えないのをいいことに、彼の指先は私の胸の先を見つけると優しく摘まんで転がした。

「琴美のここ、見たいのにな」

「あっ……は、ぁ……っ、ん、んん……」

「今どうなってるか分かる？」

彼の触れている場所は、敏感になって恥ずかしいほどつんと立ち上っている。

「分か……んな……ぁ、あ！」

「ここを触ってると、すごく色っぽい表情に変わるよね、可愛い」

そんなことを言う青山さんのほうが色っぽいです。男性なのに、そんな色気が出るのですね。

余裕がない思考で、私は変なところに感心していた。

「ここ、舐めたい。舐めてもいい？」

「だ、めぇ……っ、ああ……」

「そんな可愛い声でだめだと言われても、言うこと聞けないな」

「あんっ……！」

だめだと言ったのに、私の服は捲《まく》り上げられ彼に胸を晒《さら》す格好になった。

「焦《じ》らされると男は余計に燃えるって、覚えておいたほうがいい」

「え……？　あ、ああっ……」

彼は胸の頂《いただき》を口に含み舌で何度も嬲《なぶ》って、ちゅっと音が漏れるくらい吸い上げた。

「あぁ、だめ……っ！」

あまりの刺激に驚きながら身を捩《よじ》らせる。逃げられないと分かっていても、抵抗しないとおかしくなってしまいそう。

私の胸元に顔を埋《うず》めた青山さんは、右と左と交互に胸を舐めしゃぶって離さない。

熱い……

お腹の奥が熱くて、何かが湧き出るみたいな感覚がある。秘められた場所は、震えるように蠢《うごめ》いて何かを心待ちにしているよう。

もうやめなきゃ。ここでやめてもらわないと、私たちまた――

そう思うのに、体に力が入らない。この心地いい快感に負けてしまって、彼を突っぱねることができずにいる。

「琴美、腰を浮かせて」

デニムのボトムのボタンを手際よく外しファスナーを下ろしたようで、青山さんはスムーズに私の脚からボトムを抜き取った。

「や……ぁっ、待っ……」

「ここ、触ってもいい？」

「……あっ」

脚を広げられ中心部に触れられる。ショーツのクロッチ部分に彼の指先が当たり、何度も上下に擦《こす》られた。

そ、そこは……だめっ。

どうにか膝を閉じようとするけれど、強引に大きく広げられてしまう。更にぐっと強く押された。

「あん……あぁ……っ、んん……」

「うん、いい感じだ」

焦《じ》れったさに悶《もだ》えていると、彼がショーツを脚から抜き取る。そして上体を起こして自分の服を脱ぎ始めた。

青山さんの裸は、見とれてしまうほど美しい。

程よくついた筋肉、締まったお腹や腰のライン。そのセクシーな体つきに胸が高鳴り、目が離せなくなる。

「そんなに気になる？」

「……え」

「じっと見つめてくるから」

視線に気が付かれていたのかと急いで視線を外すものの、下着姿の彼が私を追い詰めるように近寄ってきた。

「ずっと見ていていいよ。なんなら触ってくれてもいい」

「い、いえ……そんな」

「俺も遠慮なく触るから」

そっと私の頬を撫でた青山さんは、度の入っていないメガネのブリッジ部分を摘まんで外した。

「や……っ、外さないで」

「どうして？　ここにはスマホもパソコンもないでしょ」

「でも――」

メガネがないと、青山さんを直視できない。

このメガネはブルーライトを防止するだけのものではなく、彼みたいな素敵な男性を見ても何も感じないようにできる力があるのに……

「レンズ越しじゃなくて、ちゃんと俺を見て」

目が悪いからつけているわけじゃないと知られているので、何も言い訳できない。

裸眼で均整のとれた彼の顔を見ていると、泣きそうなほど鼓動が速くなっていく。

だめ、目を離さないと。そうじゃなきゃ、私、また……

「外ではメガネをしておいてもらわないといけないな。こんな潤《うる》んだ瞳で男を見つめるようじゃ危険だ」

「何、言って……」

数回頭を撫でたあと、青山さんは私に口付けをした。覆いかぶさるように上に乗ってくる。私の太ももに擦《こす》りつけられた彼の下半身が、形を変えていることに気が付いた。

「ん……んん……」

私とこういうことをして興奮しているってこと……だよね。

どうしよう、どうしよう。

この状況に困っているはずなのに。私も青山さんと一緒ですごく昂《たか》ぶっている。ここでやめると言われたら辛くなるほど彼を求めてしまっているのだ。

くるくると口内で動いている彼の舌を追って、自《おの》ずと舌を絡めてしまった。溶け合うみたいな深いキスを繰り返していると、再び彼の手が下腹部に進み、浅い茂みを撫で始める。

「琴美のここ……直接触ってもいい？」

「……やぁ……あっ――」

青山さんの指が秘部へ進み、閉じた媚肉の間に滑り込む。そこからぬるっとした感覚と蜜の絡まる音がした。

「あ……あぁ……っ」

すごく濡れている――そう思われているに違いない。それを否定できないほど溢れていて、指を動かされるたび大きな音が鳴る。

私の様子をうかがいながら、蜜を塗り付けるように表面で動く指がもどかしくて、もっと違うところに触れてほしいと腰をくねらせてしまった。

気持ちいい。……奥に欲しい。中がジンジンしてつらい……かも。

私ってば、一体何を考えているの⁉

はぁはぁと短く浅い呼吸を繰り返して、熱に侵されていく。もはや目の前の心地よさに逆らえなかった。

奥にしまっていた快感を引きずり出すようにゆっくりといやらしく弄《いじ》られて、少しずつ体が開花していく。

「前は指でしかしなかったから、それが不満だった？　やっぱりそれだけじゃ満足できなかったよな。あのときは初めての夜だったし、入れたくてたまらなくて、余裕がなかったから……悪かったと思ってる」

え……？　なんの話？

そう聞き返そうとしたときには、彼は私の足元に移動して、太ももに唇を押し付けていた。

「あん……っ、蒼汰さん……!?」

私のそんなところに顔を近づけて何をしようっていうの？

先程まで躊躇《ちゅうちょ》していたというのに、今は驚きのあまりすごくナチュラルに名前を呼んでしまった。

「舐めるけど、いいね？」

「ひゃぁ！　や、やだ！　ああ……っ」

脚の付け根に吸い付かれるたび、柔らかい肌は赤く染まる。それが何度も繰り返されて、最終的に彼の顔が私の秘部に向かった。長い舌がそこを舐め始める。

「だめ、だめぇ……っ、お願い……そんな……の、あぁっ」

お風呂に入っていないし、そこはそんなことをする場所じゃない。何より青山さんに舐められているなんて、申し訳なさすぎてどうしていいか分からなくなる。

脚をバタつかせて抵抗すると、太ももを掴まれてがっちりと固定されてしまった。彼は舌で全てを広げて味わうように舐め回し、花芯を嬲《なぶ》って放さないとばかりに執拗《しつよう》に吸う。

「あぅ……っ、あぁぁ……」

じゅっ、じゅるる、と耳を塞ぎたくなるような卑猥《ひわい》な音が響く。舐められるたびに、全身の力が抜けてどうにかなってしまいそうだ。

初めて味わう感覚に戸惑いながら、私は性の快楽に溺れていった。

舐められるってこんなに気持ちのいいものなんだ……

「も……だめ……蒼汰さん……」

このまま舐め続けられたらおかしくなる。腰を引いて逃げようとするのに、放してもらえない。

ぬらぬらとした彼の熱い舌がまとわりつくようにそこを舐めるたび、体が弓なりに動いて喉が反る。何かを掴んでいないと不安で、思わず枕の端をきゅっと握り締めた。

「ん……？　嫌だった？」

「嫌……って、わけじゃ……」

すごく恥ずかしいことをされているからやめてほしいと思うけれど、決して嫌ではない。だけどこの先に進むには勇気がいる。

「じゃあやめない。それに、ここは気持ちよさそうにしているよ」

「そ……んな……ぁっ、ん。あぁ……」

「琴美のここをこんなに間近で見られるなんて、すごく嬉しい」

どういう意味っ？

そう聞き返そうと思ったけれど、花芯を舐められながら蜜口に指を挿入され、言葉がかき消えてしまった。

「好きな女の子のここを見られるなんて、すごく嬉しいだろ？」

「だろ？」と聞かれても困ってしまう。

それは私が女だからということもあるけれど、彼が言う「そこ」とは見て喜ぶような場所ではないと認識しているからだ。

それに私はもう二十七歳であるから、女の子と呼ばれるような年齢ではないかと……

いろいろとツッコミたいものの、私の中に入っている指先がじわじわとほぐすように奥へ進んだため、思考が定まらなくなる。

彼の指は媚壁をゆるやかに擦《こす》り始めていた。舐められるのとはまた違う快感がやってきて、どれだけ我慢しようと思っても嬌声が漏れてしまう。

「あぁ、っぁ……ふ……あぁ……っ」

青山さんは存分にほぐしてから次のステップに進もうと思っているようで、愛撫を気が遠くなるほど長く執拗《しつよう》に続ける。

「いっぱい溢れてくるね」

「やぁ……っ、そん、な……。ああっ」

「少し激しくしてもいい？」

さっきまでは恥ずかしかったはずなのに、自《みずか》ら大きく脚を開いて中から蜜を溢れさせている。

膣を蹂躙《じゅうりん》する巧《たく》みな指先に翻弄《ほんろう》されて、呼吸が乱れていた。

「も……やだぁ……っ、蒼汰……さんっ……だめぇ……」

このままじゃおかしくなって壊れてしまいそう。やめてほしい。でもやめられたら嫌だ。これはどうしたらいいの、気持ちいい。

いろいろな感情が交錯《こうさく》して、私は青山さんに導かれるまま昇りつめていく。

激しくかき混ぜられる蜜口からは愛液の音がして、大胆に揺さぶられると腰が砕けてしまいそうだ。

朦朧《もうろう》とした意識の中で、私は彼の腕に手を伸ばした。すると私の手に気が付いた青山さんがぎゅっと握り返してくれる。

――青山さん、青山さん、青山さん……っ。

絶頂を迎える瞬間、彼の名前を心の中で叫んでいた。


「……はぁ、はぁ、はぁ……」

全身の力が入らない……

やっと青山さんから解放されたと思ったときには、体がだらんと弛緩《しかん》している状態だった。

定まらない視線で天井を見ていると、ベッドがぎしっと揺れて彼が近づいてくる。

「大丈夫？　辛くなかった？」

「……はい」

「ここまでは大丈夫だった？　よくなかったところはなかった？」

青山さんはうちの会社の上司で、すごく仕事のできる人だ。私からこんなふうにおうかがいをたてることはあっても、彼から入念に確認されることなどない。

火照《ほて》った体を何度も撫でられ、問題はなかったかと質問されていると、変な気持ちになってくる。

「大丈夫……です」

「気を遣っていない？　こういうのって正直に話すのが一番なんだ。思ったことはすぐに言って」

仕事の話みたいな会話だけれど、これは性行為の話で。

とにかくまだ二人とも裸で、しかも彼のほうは途中なのにこの会話はいかがなものかと思いつつも、体を気遣ってもらえるのは素直に嬉しかった。

だからつい正直に答えてしまう。

「本当に大丈夫です」

「そう。ならよかった」

会話が一段落《いちだんらく》した、と思った瞬間、青山さんが私の脚を開いて体をぴったりと密着させてくる。

不思議に思って青山さんを見た。

「入れてもいい？」

「待っ――」

「琴美の中に入りたい」

私の返事を待たず、彼のものがぐぐっと押し込まれる。

「あ、あ……っ」

下腹部に感じる圧迫感で眩暈《めまい》がした。

だめ……なのに。

前にも一度こういうことをしたけれど、私たちは付き合っていない。

それだけでなく、会社が同じで、大事なプロジェクトが始まったばかりで、とにかくこれからも仕事で顔を突き合わせるのに。

そう思うのに、彼の胸を強く押し返せないでいる。

むしろ少しずつ埋め込まれていく感覚に酔いしれて、早く、もっと、とせがみたいくらいだ。

どうして、こんなこと思っちゃうの……。だからイケメンは嫌なんだ。

私は青山さんからのキスを受け入れた。

「ん……。琴美」

青山さんは、普段絶対見せない色っぽい顔で、熱い吐息を漏らす。

不覚にもその切なげな彼の表情にキュンとしてしまった。

「ああ……たまらない」

最後まで挿入され、私たちの体は隙間のないほど密着した。

以前にも感じていたことだけど、体の相性というものがあるのなら、私たちはとてもいいと思う。

肌と肌を触れ合わせた感覚も、こうして一つになったときの温度も、嫌なところなんて一つもない。

大学生のときの彼との行為とは全く別物だ。

「痛くない？」

「……はい。あの……」

「どうしたの？」

「蒼汰さんは……ですか？」

「え？」

覗き込むように見つめられて、私は頬を熱くしながら再び話す。

「蒼汰さんは、気持ちいいんですか？　私のことばかり気にしてもらっていますけど……」

体の相性がいいなんて思っているのは私だけかもしれない。

「……っふ」

「なんで笑うんですか？」

「いやぁ、可愛いなと思って」

また出た、可愛い――。私、可愛いのゲシュタルト崩壊をしそうだ。

「気持ちいいに決まってるだろ。気を抜いたらすぐに余裕がなくなって、琴美をめちゃくちゃにしてしまいそうなくらいだ」

「……め、めちゃ、くちゃ……」

「あ、いや。そんな露骨に怯《おび》えないで。そんなことしないから」

「だって」

まさかそんなことを言われるとは思わなかった。でも気持ちいいって感じてもらえているなら安心だ。

って、なんで喜んじゃってるの。ああ、もう私のバカバカ。

「琴美は……？　気持ちいい？」

「え？」

同じ質問が返されるなど予想していなかった。

かぁぁっと頬が熱くなって、目が泳ぐ。そんな私の様子を見て、青山さんは微笑みながら唇に軽くキスをした。

「ねえ、どうなの？」

「いや、あの……。あんっ」

深く差し込まれていたものが、ゆっくりと引き抜かれる。彼の屹立《きつりつ》が粘膜を擦《こす》り、狭い場所を通り抜けていく感覚に眩暈《めまい》がした。

「よくないなら、抜こうか？」

「や……やだぁ……っ」

「嫌なの？」

「……う」

咄嗟《とっさ》に変なことを口走ってしまった。

まるで私が欲しいとお願いして入れてもらったみたいだ。

「抜いたら嫌ってこと？」

「……ぁんっ、あ、あぁ……っ」

もう一度ゆっくり奥までねじ込まれる。一度通ったため、先程よりはスムーズに入ったけれど、彼の存在感が凄い。苦しいほどに私のそこは彼でいっぱいになっている。

「じゃあ、質問を変えようか。どんな体位が好き？」

「あぁ……っ、そん、なの……知らな……ぁ、んッ」

体位なんてそもそも分からない。今まで一人しか付き合ったことがなく、オーソドックスなものしか経験がないから、比べようがない。

「知らない、か。そうか。前に俺とセックスして以来、誰ともしていなかった？」

どうしてこんなふうに私を揺さぶりながら青山さんは話せるのか分からない。私は抽送《ちゅうそう》されるたびに、甘い声が漏れ息が上がるというのに。

快感に溺れながら、彼の質問にこくこくと頷いた。

「そうなんだ。じゃあ、いっぱい試そう。気に入るのがあれば、それをしてあげる」

「や……ぁ、あぁっ……」

太く逞《たくま》しい腕に抱きかかえられ、私の体が宙に浮いた。

「きゃ……！」

一体何が起こったのかと目を開くと、繋がったまま彼の体の上に乗せられている。

「な、な……っ!?」

これは一体どういうこと!?

下から全部を見られてしまって、とてつもなく恥ずかしい。拷問みたいな体勢に泣きそうになり、すぐにぺたんと体を倒して彼の体に抱き着いた。

「こんなの、ヤだ……っ、恥ずかしい」

「ほんと？　俺的には、かなりの眼福なんだけど」

「蒼汰さん……っ！」

「ごめんごめん。このまま俺に抱き着いていて」

私を自分の体に乗せた状態で、彼は下から腰を動かし始めた。

今までとは違う突き上げられる感覚。体がふわっと浮いて、その反動で深く落ち、彼のものを根本まで呑み込まされる。

「あ、あぁ、ふぁ、あん……っ」

筋肉質な胸に顔を埋《うず》めて、快楽に全てを委《ゆだ》ねた。

貫《つらぬ》かれるたびに奥から漏れてくる蜜が彼の下肢を濡らしていく。肌だけでなくきっとシーツも濡れてしまっているに違いない。

軋《きし》むベッドの音と激しく絡まる蜜音が、部屋中に響き渡った。

「どう……？　お気に召した？」

「ぁ……っ、変……なこと……っ、聞かないで……」

快感が私の中を支配して、彼の虜《とりこ》になってしまいそう。気を抜いたら一瞬で堕《お》ちる。それが分かっているのに、止められない。

「じゃあ、これは？」

青山さんの大きな手が下半身へ向かい、私のお尻を大胆に掴んだ。そして容赦なく広げられる。

「ああ……っ！」

振動する小刻みなピストンを繰り返され、脳内は火花を散らし、体は悶絶《もんぜつ》して悦《よろこ》んだ。

限界が近づいている。

そこには行きたくないと思っていた場所に何度も連れていかれた。

でも、導かれる間、何度も口付けをされて、一人じゃないと感じさせてくれる青山さんに彼にならいいと思い始めている。

「琴美……っ、いいよ、すごく」

「あん、ああ……っ、蒼汰さん……気持ちいい……よぉっ……」

気持ちいいことを確かめ合いながら、貪《むさぼ》るようにお互いを求めていく。

いつまでもこの気持ちのよさを終わらせないでほしい。ずっとこうして繋がっていたい。

自然と手を繋ぎ、五指を絡ませた。あんなに恥ずかしかったはずの体勢なのに、私は体を起こして彼を見下ろす。

そこにいたのはいつもの冷静な青山さんではなく、色欲に溺れた一人の男性だ。

汗ばんだ体と、乱れた髪が色っぽい。

「あ……あぁ……っ、すごぃ……っ、ン……」

手を繋いだまま、私は彼の上で導かれるように腰をグラインドさせた。踊るみたいに腰をくねらせて、中にいる彼を締め付ける。

「……ぁ、……く、っ……」

どんなふうに動いたらいいかなんて分からない。だけど体が勝手に動いて彼を欲している。一番奥の気持ちいい場所に当てて、濃厚に交わる。

「そんなに動いたら……イキそうだ。琴美……」

「蒼汰さん……っ、あああっ」

こんなことしてしまうなんて……恥ずかしいのに止まらない。昇りつめたい気持ちが募《つの》って必死で動いている。

「イクよ、……っ、はぁ……っ」

壊れそうなほど激しく揺さぶられて、私の意識がどこかへ飛んだ。

絶頂まで駆け上がる時間は、とろけるように長く、そして一瞬のように短かった。

「琴美……っ」

彼の熱の塊《かたまり》が私の中で爆《は》ぜる。隔《へだ》てるものがなかったら、その熱い飛沫《ひまつ》を直に感じただろう。

何度も脈打つ彼を感じて、私は繋いだままの手を握り返した。

5

「では、今回のセミナーは、田中さんの案でいきたいと思います」

パチパチと拍手の音が鳴って、私は頭を下げた。

今はママベビフェスタの会議中だ。

私が提案した『子どもの安全を守るために』というテーマで、今回のフェスタのセミナー内容が決定した。

これからメンバー全員で詳細を決めていくことになっている。

この錚々《そうそう》たるメンバーの中から満場一致で企画が通ったというのが何より嬉しい。

自分のデスクに戻って報告すると、品質管理部の人たちからすごく喜ばれ、管理部長から「君を選んでよかったよ」と褒められた。

「田中さん、フォローするからなんでも言ってね」

「はい」

ウェブ運営部の人からも声をかけてもらって、私はにっこりと微笑み返す。

そこで青山さんに呼ばれた。

「あ、田中さんちょっと来て」

ドキ！　じゃなくて、ギク。

「……はい」

なんだか嫌な予感がする。

企画書のことで呼ばれたのだろうな的に、他の人たちは気にも留めていないが、一人、焦《あせ》ってしまう。

いやいやいや……っ、誰か一人くらい気にしてくれてもいいのじゃないですか――

悲しげな瞳で皆の背中を見ていると、私の隣に青山さんがやってきた。

今日の青山さんは、細身のグレーのスーツに淡いピンクのシャツを合わせてネイビーのネクタイをしている。

ピンクのものは女性が身に着けるイメージだったけれど、男性がつけるとシャープさに甘さがプラスされてより素敵になっていた。

私は彼について、小さな会議室に移動する。

「あの……なんでしょうか？」

「相変わらず、素気ないね。会社では仕方ないか」

「会社では、って……」

特に場所は選んでいないつもりなんだけどな。

あの数日前の、記憶から抹消《まっしょう》したいほどの濃厚な一夜は、実は一夜で済んでいなかった。

次の日の朝まで寝かせてもらえず、朝からおかわりまでされて、なかなか帰ってこない姉を心配した弟からの電話でやっと帰宅が許されたのだ。

以来、会社で顔を合わせてもこれまで通り避けているし、近づかないように心がけている。それなのに青山さんは距離を詰めようと近寄ってくるのだ。

「俺たち、少し距離が縮んだんじゃないの？　親密な関係だと思っていたんだけど」

「そんなわけないじゃないですか」

「だって、ホラ。アレだって、何も問題がなかっただろ？」

一応会社だからか気を遣って伏せてはくれているけど、アレってエッチのことだよね⁉

そんな話、就業中にしないでくださいよ！

「問題だらけです」

まずはこの悪びれていない爽《さわ》やかなスマイルをなんとかしたい。

その顔を見ていると、先日のどろどろに溶けたいやらしい青山さんの顔を思い出してしまって複雑な気分になる。

「……で、どのようなご用件ですか？」

こほん、と咳払いをして気を取り直す。わざわざ呼び出したのだから、何か話したいことがあるはずだ。

「今後の予定についてなんだけど」

「はい」

まだ時間があるとはいえ、ママベビフェスタの日までミーティングができる回数は限られている。

今回セミナーのメンバーに選ばれたから、もう少し時間調整が必要なのかな？

「メールや電話で連絡しようと思ったんだけど、どうやら俺はブロックされているみたいで」

「……あ」

しまったぁ。

二年前の一夜の過《あやま》ちのせいで「彼氏ができた」と嘘をついたしばらくあと、ブロックしたままだった。

「すみません、すぐに解除しておきます」

「そう、よかった」

青山さんはそれ以上ツッコんではこず、にっこり笑う。

普通、ブロックしてるよね、なんて直接言える人はいない。強靭《きょうじん》なメンタルをしていらっしゃる。

そう感心しているうちに、話は本題へ入った。

「今週末は、君の部屋に行ってもいいかな？」

「は？」

「つまり、君の家に――」

「いいわけないです」

――この人の思考回路はどうなっているのだろう？

今までの会話の流れと私の態度をどう判断したら、その質問をしようという気になれるのだ。

「今後の予定って……仕事の話じゃないんですか！」

「違うよ。完全なプライベートの話」

ええ〜っ。もう、呆れた。

「田中さんの部屋が見たいな」

うっ……

そんなふうにおねだりするみたいに見ないで。

男らしい顔立ちなのに、甘えるようにまっすぐ見つめる表情は、すごく可愛い。可愛いって思いたくないけど、可愛い。

困るよ、そんな顔をされたら断れなくなる。

いや、でもここは、心を強く持って断らないと！

「無理です。では、失礼いたします」

「いいの？　そんなふうに断って」

「え……？」

「言っちゃうよ。俺たちのこと」

だから、それっ。脅迫ですから！

ふふん、というような余裕な表情を浮かべた青山さんが、顔を引きつらせる私に微笑みかけてくる。

この意地悪そうな笑みを悪魔の微笑とでも名付けようか。ベストネーミング賞を取ってしまいそうなくらいぴったりだと思う。ただ――

「……わかりました。来られるものなら来てみてください」

私の家を一人暮らしのマンションか何かだと勘違いされているのでは？

ふふふ、青山さん、残念でした、うちは実家なんですよ。

父も母も弟も一緒に暮らしているので、場所を突き止めて来ることができたとしても、中に入ることはできないでしょう。

そもそもなんで私の家に来たいと思うの？

一人暮らしの女性の部屋に来てすることって言ったら、やっぱりいやらしいことしか浮かばない。

もう一度私と関係を持とうと思っているのかと恐ろしく思う。

もう三十歳過ぎているんですから、そこまで盛らないでください。もしくは、私以外の女性とそういうことをしてください。

「では、失礼します」

「うん、お疲れさま」

やけにあっさりと引き下がったことに疑問を抱きつつ、私はそのままフロアへ帰り通常業務へ戻った。

＊＊＊＊＊

そして土曜日。

あれから結局青山さんとは特に接触もせず週末を迎えた。

今日は休みだ。

目覚ましをかけずに、好きな時間まで眠っていられる幸せ。体を冷やしてしまうからよくないと分かりつつも、夕べから冷房を入れっぱなしだ。涼しい部屋の中であえて布団を被って眠る心地よさよ。

平日仕事を頑張ってきたご褒美とばかりに、その極上のホリデータイムを楽しんでいると、突然部屋の扉が乱暴に開かれた。

「おい、琴美」

慶……

お互いにもういい年なのだから、もう少しマシな話しかけ方はできないの。残念な弟にガッカリしつつ、返事をしてベッドから起き上がる。

するとそこには不機嫌そうな慶と、いつも会社で見かけるスーツ姿の青山さんが立っていた。

「わぁっ!?」

思わず声が裏返る。全くもって可愛げのない声が出てしまい、自分自身に引いた。

「な、っんで、ここに、青山っさんが!?」

わぁぁぁと声を上げながら、急いで布団を頭まで被る。

「週末家に来てもいいって招待してくれただろ？　だから来たんだけど」

ひんっ！　そういえばそうだった。

いや、違う。正確には「来られるものなら来てもいいですよ、でも来られないですよね、実家ですからね」っていう意味だったのですけど……っ。

まさかの、実家でも全く問題ございません系男子だったのですか、青山さんは!!

「なんで連絡くれなかったんですか！」

「いや、だってブロック解除してくれていないから……」

ああ、そうだった！

解除しておきますねーなんて言っておいて、するのをすっかり忘れていた。だけど、うっかりしていた、なんて言っている場合じゃない。そのせいで大変なことになってしまっている。

「あの～、どうします？　すみません、変な姉で」

「いえいえ。構いませんよ。僕がこうして強引にお邪魔しているわけですから」

いや、ほんとそうなのよ。この人、すごく強引なのよ！

「いや、でも琴美が来いって言ったのに、忘れている上に連絡ブロックして、しかもスッピン部屋着なんてありえないですよね……本当にすみません」

「なんで慶が謝るの！」

「うるさい。女として終わっている姉の代わりに謝ってやってるんだろ」

「うう……」

残念な弟に終わっている姉呼ばわりされて、大ダメージを受ける。私は布団の中で項垂《うなだ》れた。

「とりあえず俺の部屋で待っていてもらえますか？　狭いですけど、どうぞ。琴美、急いで用意しろよ」

「じゃあ、お言葉に甘えて」

ええぇ〜っ。なんだか分からないけれど、青山さんと慶が仲よくなっちゃってる！

二人は和気藹々《わきあいあい》と話しながら、隣の慶の部屋へ入っていった。

さすがに壁越しだから会話の内容は分からないが、何やら楽しそうな声が聞こえてくる。

それよりも早く支度をしなければ！

慶が青山さんの相手をしてくれているとホッとしている場合じゃない。変な話をされたり、したりしたら困る！

寝坊した朝のノリでメイクをし、アイドルのライブの早着替えばりの速さで着替えを済ませた。

……よし、これでいい。

Tシャツとデニムというカジュアルさだけど、もういいっ。

「お待たせしました……」

慶の部屋をノックして中を覗くと、二人で仲よくテレビの前に座ってサッカーゲームをしている。

「あの……」

「ちょっと待って。今、いいところだから」

え、嘘でしょ……

「わー」とか「ああー」とか声を上げながら、二人はゲームを楽しんでいる。慶はサッカーをやっていたわけではないけれど、このテレビゲームが異様に好きで、何シリーズも買っているのは知っていた。

一つ持っているんだからいいじゃん、って言っても、選手が違うだの、クオリティが上がったんだのと、何かしらの理由をつけて毎回買っている。

慶のゲーム好きは分かるけれど、青山さんはサッカー好きだから食いついたのか。

それにしても、二人ともすごくうまい。ブラジルのサッカーチームとドイツのサッカーチームが白熱した接戦を繰り広げている。

青山さんって普段はしっとりとした大人な雰囲気を醸《かも》し出しているのに、意外と子どもっぽいところもあるんだな。男同士でつるむとそうなるんだ、と新たな一面を発見してしまった。

慶も営業をしているし、社交的ではあるけれど、姉に会いに来た見ず知らずの男性と仲よくするなんて意外だ。

私たちをどういう関係だと思っているのだろう。

絶対に釣り合っていないから、友達？　でも、友達って感じでもないよね、実家にスーツで会いに来ちゃってるからね。

ってことは、やっぱり見た目通り上司が部下の家に来たって感じ？　……って、いやいや。どこの会社の上司が休日に部下の家に「来ちゃった」をするのだ。

そんなことをしたらパワハラ&セクハラのてんこ盛りになっちゃうよ。ヘタしたらクビだ。

じゃあ、なんだろうか？

ああでもない、こうでもないと私が頭を悩ませているうちに、試合が終了したようだ。

「くそー。悔しいなぁ……」

「慶くん、惜しかったね」

「青山さん、このゲーム持ってるんですか？」

「持ってないよ。でも少しやったことがある」

どうやら青山さんの勝ちだったらしい。やりこんでいるはずなのに、ゲームを所持している慶が負ける辺り、なんとも言えなくなる。

分かるよ、イケメンって本当、こういうとき無情にもさらっと勝っちゃうんだよ。

我が弟に同情した。そんな私に、青山さんが声をかけてくる。

「さて、琴美さん。用意はできた？」

「……はい」

琴美さん……だって。

いつもは田中さんだし、この前、夫婦のフリをしたときは琴美だった。今日は琴美さんなんだ。

TPOで使い分けているっていうことね。

「じゃあ、部屋に案内してくれる？」

「え、えーっと……それは、その」

家に来たということは、必然的にそうなる。いや、でも、まさか本当に来るなんて思ってもみなかったし……

「琴美、早く案内しなよ。青山さんずっと待ってくれてるじゃん。可哀想だろ」

「可哀想……？」

「そう」

慶は私たちのやり取りを断片的にしか見ていないから、そんなことが言えるのだ。可哀想なのは私のほうでは……？

「とにかく、どうぞ」

「お邪魔します」

部屋の主である私を差し置いて、慶が勝手に案内を始める。部屋に男性を招くなんてムリと阻止しようとしたけれど、さっさと青山さんを部屋に通してしまった。

私の部屋に青山さんが存在している。

「もう、いいですか……？」

お願い、そんなにジロジロと見ないで……！

長身の青山さんが部屋を見渡していると、なんだか落ち着かない。掃除好きのほうとはいえ、高いところの掃除はたまにしかしないから、汚いと思われていないか心配になってくる。

「琴美の部屋って感じだね。とても綺麗に整頓《せいとん》してあって女性らしい」

「そうですか？」

「うん。俺、こういう部屋好き」

「……そうですか……」

部屋を気に入ってもらって、どういった反応をすればいいのか謎だけど、不快感を抱かれるよりはいいとしよう。

私の部屋は八畳でベージュとホワイトで統一し、家具などはすべて北欧風のもので揃えている。なかなかシンプルで落ち着く部屋にしているつもりだ。

「なんか、カフェみたい。いいね」

「そうなんです、カフェみたいにしたくって！」

あ。

思わず身を乗り出して喜んでしまった。

私はカフェ巡りが好きで、休日は行ったことのないカフェに出かけることが多い。友達と行くこともあるし、近場ならもちろん一人でも。

オーガニックな食事を楽しんだり、美味《おい》しいコーヒーを飲んだり、ケーキを食べたり。

ゆっくりとソファに座りながら何も考えずに窓の外の景色を眺めて、日常のストレスを発散しているのだ。

「ふふ、そうか。じゃあ、パルマカフェっていうお店、行ったことある？」

「いいえ、ないです」

「今度行こう。そこの石焼きタコライスがすごく美味《うま》いんだ」

「石焼き……タコライスですか？」

タコライスって、あの沖縄料理のタコライスだよね。サルサソースを絡めた挽肉をご飯の上にかけて、レタスやチーズ、プチトマトなどを載せたものだ。

「店の雰囲気も海外のリゾート地みたいでさ、オシャレで落ち着きがあるんだけど、何より、景色が最高なんだ。琴美もきっと気に入ると思う。それに他の料理も美味《うま》い」

青山さんがそこまで言うのだから、相当、美味《おい》しいのだと思う。話を聞いていると、どんどん興味が湧いてきた。

「……いいですね」

「今度行こう」

思わず青山さんのペースに乗せられて頷きそうになってしまった。青山さんと距離を置こうって思っているのに、いつもこうして距離を縮められる。

強引にされて迷惑なはずなのに憎めない。すごく困っているのは確かだけど心底嫌じゃない。不思議な感情に戸惑いつつ、部屋の中にいる彼を見つめていた。

＊＊＊＊＊

「じゃあ、琴美の彼氏の訪問を祝って！」

「かんぱーい」

え、お父さん、本気なの？

青山さんがうちに来てから、かれこれ五時間が経過した。

いつ帰るのだろうと疑問に思いながら他愛もない話をしていたら、つい先ほど再び部屋の扉が乱暴に開かれたのだ。

「お父さん！」

うちの父は建設関係の仕事をしているのもあって、とてもガタイがいい。日焼けもしているし、一見柄《がら》の悪い人に思われがちだ。

今まで男性を家に呼んだことなどなかった娘の部屋に姿を現したのだから、もしかしてひと波乱あるかもと思ったのだけど。

気が付くと父は青山さんを夕食に誘っていた。

「いやぁ～、こうして琴美の彼氏と一緒に飲めるなんて幸せだなぁ」

「いやいや、お義父《とう》さん」

リビングに父と青山さんと慶、そして私が集まり、男性陣がお酒を飲む。母はいつも通り部屋で仕事中だ。

慶、どうしてあんたまでそこでビールを飲んでいるのよ!?

「青山さんって、琴美と同じ会社の上司なんだって。こんな格好いい人と付き合っているなんて思わなかった」

「そうなんですか。いつも娘がお世話になっています」

「はい」

青山さんが、はいって言っちゃったよ！

「確かにお世話になってはいるけど、彼氏じゃないからね！」

「またまた～」

青山さんの言動を全て否定しているのに、全く聞き入れてもらえないという、なんとも悲しいこの状況。

私は男三人の会話を聞きながら延々とおつまみを作り続けている。どうしてこんなことに……

「琴美ももう二十七歳ですけど、絶対に一人暮らしはさせないでおこうって決めていたんです。親元に住んでいるって分かっていて、ちゃんと挨拶してくれる男性と付き合ってほしいって思っていてね」

お父さん……そうだったんだ。

確かに一人暮らしに憧れていた時期もあったけれど、うちの家族は皆仲がいいし、居心地もよかったから私は家を出なかった。

お父さんがそんなことを考えていたなんて知らなかったな。

思わずしんみりするものの、私と青山さんは恋人じゃない。

「ていうか、父さんは、母さんが一人暮らししていたところに上がり込んで、琴美がデキたんだよね。つまりは自分の二の舞はされたくはないと」

「そそ！　そういうこと」

慶の鋭いツッコミに、図星だとニカッと微笑む父。その態度にこけそうになる。

「もうー。ちょっと感動したのに」

ぷう、と頬を膨らませていると、青山さんがふふっと笑った。

「どうしたんですか？」

「いや、すごく素敵な家族だなと思って」

「本当ですか？」

なんだか騒がしいだけのような気がするんですけど……。でもこうして家族を褒められると嬉しい気持ちになる。

そんな和《なご》やかな雰囲気の中、背後からただならぬ気配を感じて、私は勢いよく振り返った。

「あ、お母さん！」

「ちょっっ……！　琴美⁉」

リビングの扉から顔を半分だけ出している母を見つけた。慌てて、互いを紹介する。

「青山さん、母です。お母さん、こちらうちの会社の上司の青や――」

「えー‼　何この超絶イケメン！　うそーっ、パソコンで疲れていた目が癒《いや》されてく〜っ」

ちょ、ちょ、ちょ……っ！

今まで見たことのないようなテンションの母に、周囲が妙にザワつく。お父さんはなんだか気が気でない様子。

「え、琴美の彼氏？　結婚すんの？」

「はい、そのつもりです」

いや、はいじゃないって！　青山さん、勝手に返事しないで。

「いや、だからね、青山さんは会社の上司で……」

「琴美、絶対結婚して。うちにこーんなイケメンが来たら、仕事捗《はかど》るわー」

母は小説の表紙や挿絵を描いたりしているのだけど、物語の中に出てくるヒーローは全てイケメンらしい。

資料として画像で見ることはあっても、実物を見る機会はそうそうないからか、少々おかしなテンションになってしまっている。

「琴美の結婚を祝して！」

「かんぱーい」

もう私には止められない。

だめだ、と諦めながら、私は五人分の食事を作り続けた。

＊＊＊＊＊

食事が終わり、私たちは再び部屋に戻ってきた。

明日も休みなら、泊まって行きなさいと父に言われた青山さんは、慶から部屋着を借りて着替えを済ませている。

「本当に素敵なご家族だね」

「本当ですか？　皆マイペースっていうか、強引すぎるんです」

私というストッパーがいないと、あの人たちは暴走しまくっていくから大変なの。いや、いても私では止められないんだけど……。だから私はこんなに心配性で慎重な性格になってしまった。

「……それより、本当に泊まるんですか？」

「うん。だってせっかくお義父《とう》さんに泊まっていってくれって言ってもらえたんだから、お断りするわけにはいかないよ」

すっかりうちの家族と打ち解けてしまった青山さん。前からコミュニケーション能力が高いと思っていたけれど、ここまでとは驚きだ。

「君のご家族にも気に入ってもらえたみたいで、本当によかった」

「え……？」

「結婚するなら、ご両親に許可をいただかないといけないからね」

またそんなことを……

「か、からかわないでください！」

「からかっていない。俺はいつでも本気だよ。ねぇ、もうそろそろ信用してくれてもよくない？」

「え……!?」

「俺のどこがそんなに不安？　こんなに一途《いちず》に想いを伝えているのに、まだだめなところがある？」

急に押し迫られた私は壁際まで追いやられる。

まずい、まずいよ、この展開。こんな密室で追い込まれたら逃げ場がない――

「いや、あの……」

「ちゃんと挨拶だって済ませたし、君のご家族もとても優しく迎え入れてくれた。あとは琴美の返事だけなんだけど。不安要素は全て言ってくれ。全部解決してみせるから」

ううう……。文句のつけようのない青山さんに、何も言うことなんてない。イケメンであるということ以外は全て綺麗に解決されていって、どうしようもなくなってしまった。

「バ、バカなこと言っていないで、早くお風呂に入ってきてください！」

「じゃあ一緒に入ろうか？」

「入りません!!」

「なんだ、残念……」

青山さんが部屋を出ていくのを見送って、私は「はぁ～っ」と大きく息を吐いた。

もうヤだ。ドキドキさせるような発言は控えてよね。心臓に悪いよ……

青山さんがお風呂に入っている間、ずっと部屋の中でソワソワして落ち着かないままやり過ごす。

三十分ほどたったところで、お風呂上がりの青山さんが部屋に戻ってくる。

なんという濡れ髪の色気！　いつもの二割増しくらい格好よくて、破壊力が凄い。

「お先でした。……あれ、どうしたの？」

「い、いえ。私もお風呂いただいてきます」

「はい。行ってらっしゃい」

まるで新婚さんみたいな会話だ。私はめちゃくちゃに跳ねる鼓動に気が付かれないように、そそくさと部屋を出た。

「ああ～」

湯船に浸《つ》かりながら、早鐘を打つ心臓を落ち着かせるため大きな深呼吸をした。

この状況はどうなのよ!?

付き合ってもいないのに、我が家に青山さんがいる。たとえ付き合っていても、こんなこと結婚前提じゃないとしない。

……もしかして、青山さん、本気で私と結婚しようって考えている?

いやいやいや……いくら婚活パーティで再会したからって、まさか……

いや、でもあり得るの?

わあぁぁーっ。

そんなことを考えてますます冷静になれない私は、湯船から立ち上がった。

「考えるのはよそう」

うん、そうだ。そんなの、私が考えても答えが分かる問題じゃない。とにかく早く部屋に戻ろう。見られてマズいものはないけれど、変なものを発見されていたら困る!

お風呂から上がって部屋に戻ると、青山さんの姿はなかった。

「あれ……?」

まさかの夢オチじゃないよね……? 私の作り上げた妄想?

どこに行ったのだろう、ととりあえず部屋の中で立ち尽くす。青山さんが確かにいる証拠に、部屋の端にあるハンガーラックには彼のスーツがかかっていた。

そのスーツを見ていると、慶の部屋から騒がしい声が聞こえてくる。

「もしかして、ゲームしてる？」

もうーっ。人の気も知らないで！

私は勝手に腹を立てて、ベッドにダイブした。

泊まっていってほしいって最初に言いだしたのは慶だったものね。青山さんとゲームするんだって張り切っていたし。

「はぁ……」

いくらなんでも私の部屋に寝泊まりするのはだめだと、青山さんも自重《じちょう》したのかな。

思わずため息を漏らす。

はぁって何？　何をガッカリしているの。ガッカリするなんて変だし、別に私はなんとも……

その割に念入りに体を洗ったとか、それなりのお手入れをしていたのは否めない。

そんな自分に恥ずかしくなった。

もう素直に認めよう……

私、ちょっぴり期待していました。キスくらいはするかなって。いや、最後までしないとしても、キス以上のことも。

ああ、もう。何考えていたのだ、私！

「寝よ!!」

大きなため息をついて、電気を消してきつく目を閉じた。

——深夜二時。

草木も眠る丑三《うしみ》つ時《どき》だ。

隣の部屋に青山さんがいると思って緊張していたものの、気が付けば私はすっかり眠りに落ちていた。

なんだか寝苦しくて寝返りを打とうとして思うように動けず、その違和感で目を覚ます。

「……っ!?」

驚きのあまり声を上げそうになった。

「やっと起きてくれた」

「あ、あの……っ？」

一体これはどういうこと？

なんと私は青山さんに背後から抱き締められていたのだ。隙間のないほどに密着している。

「夜這《よば》いに来た」

「……人の実家で何をしているんですかっ」

隣の部屋に聞こえないように、声を潜《ひそ》めて話す。両親も弟もいるというのに、なんという大胆な行動に出るんだろうとヒヤヒヤしてしまう。

「大丈夫。慶くんも、お義父《とう》さんも、お義母《かあ》さんも酔いつぶれて寝ちゃったから」

「え……？」

青山さん曰《いわ》く、慶とゲームをしている途中でうちの両親から飲もうと誘われたらしい。そして、三人を楽しませ酔わせて眠らせてしまったそうだ。

そんなテクニックまで兼ね備えているとは知らなかった。

もっとも仕事上、いろいろな会社の人たちと飲む機会が多いのだろうから、他人を酔わせるスキルを持っていても不思議ではないのかもしれない。

「……いやっ、だからって、こんなのだめですってば」

「大丈夫。最後まではしないから」

「あっ……」

いや、そういうことじゃなくて！

拒絶する前に首筋をちゅっと吸われて喘《あえ》ぎ声が漏れそうになる。急いで手で口を押さえ、なんとか耐えた。

「ん……」

「キスだけで我慢するから」

「だめ……っ、青山さん……」

シングルベッドの中で抱き合って、モソモソと動く。もちろん放してもらえるわけがない。逃げようとすればするほど追い詰められていった。

「呼び方、この前教えたよね？　ちゃんと呼ばないと、声が抑えきれないようなことするよ」

「――っ」

体勢を変えられて、覆いかぶさるような格好になった。お互いの顔がすごく近くて恥ずかしい。

郵　便　は　が　き

料金受取人払郵便

渋谷局承認

9400

差出有効期間
平成30年10月
14日まで

1 5 0 8 7 0 1

0 3 9

東京都渋谷区恵比寿4−20−3
恵比寿ガーデンプレイスタワー5F
恵比寿ガーデンプレイス郵便局
私書箱第5057号

株式会社アルファポリス
編集部 行

お名前	
ご住所　〒 TEL	

※ご記入頂いた個人情報は上記編集部からのお知らせ及びアンケートの集計目的以外には使用いたしません。

ご愛読誠にありがとうございます。

読者カード

●ご購入作品名

●この本をどこでお知りになりましたか？

年齢　　歳　　　　性別　　男・女

ご職業　1.学生（大・高・中・小・その他）　2.会社員　3.公務員
4.教員　5.会社経営　6.自営業　7.主婦　8.その他（　　　）

●ご意見、ご感想などありましたら、是非お聞かせ下さい。

●ご感想を広告等、書籍のPRに使わせていただいてもよろしいですか？
※ご使用させて頂く場合は、文章を省略・編集させて頂くことがございます。
（実名で可・匿名で可・不可）

●ご協力ありがとうございました。今後の参考にさせていただきます。

「ねえ、呼んで」

ベッドに押さえつけられた手は、五指が絡み、身動きが取れない状態になっている。躊躇《ためら》いはあるが、素直に従わないと何をされるか分からない。本気でキス以上のことをここでしてしまうかもしれない。というか青山さんならやりかねない。

そうなったら本気で拒める気がしないという弱気な考えのもと、私は彼の名前を呼ぶことにした。

「蒼汰、さん」

そう呼ぶと、キスされる。

柔らかい唇の感触に、一瞬で虜《とりこ》になった。

「もっと」

「蒼汰さん……」

もう一度呼ぶと、再びキス。

「二人きりのときは、そう呼んで」

「でも……」

「お願い」

もう、どうすればいいの？

こんなふうにお願いされたら、断り切れない。

「琴美」

「蒼汰、さん……」

名前を呼ぶたびに口付けをされ、気が付けば名を口にする暇もないほどのキスを繰り返されていた。

青山さんの甘いキスに溺れていく。

本当は私もこうしたかった。彼と肌を触れ合わせたかったし、抱き合いたかった。

「琴美、好きだよ」

「…………っ」

いつも自分に自信がなくてなかなか素直になれない私だけど、青山さんにこうしてもらえると、すごく嬉しい。

どうしてなんだろう？

心臓が暴れているみたいに激しく鳴っている。なぜ青山さんにこんなにドキドキしてしまっているのよ？

私とは絶対に釣り合わないような素敵な男性だから、ずっと敬遠していたじゃない。

それなのに――

青山さんと過ごす時間が増えていくたび、彼の魅力を一つずつ知り、どんどん惹かれていってる。

今、目の前にいる彼を見つめていると、息苦しくなるくらい胸がキュンとした。

青山さんはいつも目立たない私をちゃんと見ていて評価してくれる。

かかわりを持たないように避ける失礼な私に、絶妙な距離感でコミュニケーションを取ってきて、ちょっと強引ではあるものの家族とも仲よくしてくれた。

どこを切り取っても、青山さんは本当に素晴らしい男性だ。

彼のことを考えると、胸がぐるぐる渦巻《うずま》いて、嬉しくなったり、切なくなったり、悲しくなったり、いろいろな感情がこみ上げてくる。

本当は酔った勢いでエッチしてしまったあとも、こんな感じだった。

彼のことを思いだすと、胸がいっぱいになって、ドキドキして、いろんなことを考えて、ああでもないこうでもないって悩んで。

でもやっぱり、自分の欲望のせいでいいふうに勘違いしているのじゃないかって、いいように受けとるのはやめようって、気持ちに一生懸命蓋をして気が付かないフリをした。

それなのに……

あの再会で、止まっていた私の中の時計が再び息を吹き返して、秒針が動き始めた。

放っておいてほしい、構われてすごく迷惑だって思っているのに、それと同じくらい嬉しくも感じていたのだ。

そんな素直じゃない私を彼は追ってくる。

私なんて、全然魅力的な女性じゃないのに。

すごく嬉しくて、舞い上がっていて……

気が付けば青山さんのことばかり考えている。

からかわれているだけだとか、いいこと言って私を騙《だま》そうとしているんじゃないかとか、マイナスなことが頭を過《よぎ》り悲しくなったりもするけれど……。でも最終的には、すごく温かくなって、ああ、私、この人が好きだなって……

――好き。

その言葉を心の中で呟いた途端、ストンと自分の中に落ちた。ずっと抱いていたこの感情の名前だと分かる。

でも……

私が青山さんを好きになってどうするの。

彼は私が最も苦手とするイケメンだ。

たくさんの女性が彼と付き合いたがっている。

今は物珍しさで私を好きになってくれているのだとしても、きっとすぐに飽きてしまうに決まっているという考えが消えない。

昔の痛手が忘れられないのだ。私が本気になったとき、彼はすぐにいなくなってしまった。ゲームを攻略したあとのように、いや、ように じゃなく、正《まさ》しく私を攻略したから昔の彼は去っていった。

あのときみたいになってしまったら立ち直れない。

傷ついて、心が粉々になって、泣いて、泣いて。たくさん泣いて涙が出ないほど悲しんだ。

もうイケメンを好きになったりしないと、あのときに誓った。

でも、それでも私……青山さんのことが好きだ。

好きになってはいけないと何度も思うけれど、こんな甘いキスを知ってしまって、好きだと囁《ささや》かれたら、ブレーキなんてかけられない。

キスしかしていないのに、息を荒くして激しく求め合う。まるで体を重ねているみたいな口付けを交わし続けて朝を迎える。

何度目か分からないキスをされ、私は完全に自分の気持ちを自覚した。

6

青山さんを好きだと自覚して以来、私はなんだかおかしかった。

オフィスで青山さんの声を聞くと胸が高鳴るし、彼が他の女性と話をしているところを見ればそちらばかり気になってしまう。

こんなふうになるつもりないのに。どうして……

それに過去の苦い思い出を忘れたわけじゃない。なんでまた格好いい人を好きになっちゃったのだろう。

まさか私って自覚がないだけで、イケメン専なの？

いやいや、そんなことない。

もし仮に青山さんが眉目秀麗《びもくしゅうれい》な人じゃなかったとしても、一緒にいるうちにこんな気持ちになっていたはずだ。これから年を取るにつれて彼の見た目が変わったとしても、この気持ちは変わらない。

むしろイケメンに対して負の感情しか抱かなかった私が、彼を好きになったということは凄いことだと思う。

あれほど青山さんを好きにならないでおこうって思っていたのに自制が利かない。気が付いたらもう戻れないところにまで来てしまっている。

恋ってこういうものだよね。好きになろうとしてなるものじゃないし、好きにならないでおこうと思ってやめられるものじゃない。

はぁ……。それにしても、大変な人を好きになってしまった。

会社でとてつもなく人気の男性だし、見た目も中身も非の打ちどころのない完璧な人。

それに比べて私ときたら、恋愛経験が乏《とぼ》しい平凡な女。天と地ほどの差があるのに、この先どうにかなるのだろうか？

でも……

彼の今までの態度を総合的に判断して、青山さんも私のことをよく思ってくれてるよね？

両親に挨拶をしてくれたし、本気で結婚を望んでくれているとしか考えられない。ずっと騙《だま》されているのじゃないかと疑っていたけれど、これは意外な展開なのかも。

……って！　私と青山さんが結婚⁉

白いタキシードを着た青山さんとチャペルで挙式しているところを想像して、私は「きゃあああ」と興奮した。

まさか、まさかね‼

「……田中さん、大丈夫？」

「え？」

先輩社員に声をかけられて、我に返る。

しまった‼　今はママベビフェスタのリハーサル中なのに、妄想に耽《ふけ》っていた！

「なんだか一人で百面相みたいなことをしていたけど……疲れてる？」

「いえいえ、いえっ、大丈夫です」

「そう？　連日遅くまで残業しているみたいだし、体調崩さないように気を付けてね」

「はい、ありがとうございます」

まだまだ時間があると思っていたフェスタは、いよいよ明日と迫っていた。今日は最終確認と、什器《じゅうき》などの搬入をして明日に備えているところだ。こんな妄想している場合じゃない。

私のバカ！　明日は大事なイベントだし、頑張らないと。

それにしても連日の準備ですごく疲れているはずなのに、青山さんの姿を見るだけで不思議と頑張れてしまっている。

ああ、もう。これは完全に恋する乙女モード発動だ。乙女というくくりに入れるかは微妙な年齢だけど、恋に年は関係ない。

とにかく今は目の前の仕事に集中して、青山さんのことは、イベントが終わってからゆっくりと考えよう……

＊＊＊＊＊

翌日。

今日は日曜日だ。今回のママベビフェスタは日曜開催なので休日出勤となった。

早朝に会場入りして、最終チェックを行う。それからセミナーの確認とリハーサルを済ませて、開場時間を迎えた。

うちの企業ブースもたくさんのママたちで賑《にぎ》わい、各々《おのおの》商品を手に取ってくれたり体験してくれたりしている。

「お疲れ」

「お疲れ様です」

企業ブースにやってきた青山さんを見て、私の体温は急に上昇した。

いつも会社で見ているはずなのに、こうしてたくさんの人の中で彼を見ると格好よさが際立っていて、ますますトキメいてしまう。

「あれ？　今日はメガネしていないんだ？」

「はい、気合入れてきました」

「ちょっと心配だな」

「心配……？」

どういう意味だろう？

変に気合を入れすぎて、失敗するんじゃないかと懸念されている？

確かに心配されている通り、気持ちが入りすぎて空回るときもあるけれど。

やっぱりメガネをしておいたほうがよかったかな……？

眉間にしわを寄せて「ううん」と唸《うな》っていると、他の社員たちに聞こえないように耳元で囁《ささや》かれる。

「可愛すぎて心配。他の男に琴美を狙われたら困るだろ」

「っ！」

仕事中に何を言い出すのかと、驚いて目を見開く。

っていうか、そんな心配なんて不要です。私、全く可愛くないですから。

やっぱりこの人の「可愛い」基準はおかしい。

「バカなことを言わないでください」

「なんで？　俺は至極真面目に話しているんだけど」

真剣な顔でそう言われ、どう返していいか分からなくなって、私はただただ俯《うつむ》いた。

メガネがないせいでイケメンブロックができないし、青山さんからの甘い言葉をそのまま受け取って恥ずかしくなる。

ああ、もう。このドキドキ鎮《しず》まれっ。

こんなに大きな音で胸が鳴っていたら、聞かれてしまう。

そうしたら、「どうしてこんなにドキドキしているんだ？」って意地悪に聞かれてからかわれるに違いない。

見ると、青山さんは涼しげな顔でタブレット端末をいじり、メールをチェックしていた。私はその隣でずーっと胸を高鳴らせっぱなしで忙しい。

そうだ。ずっと忘れていたけれど、好きってこういう感じだった。

いちいち緊張して、彼の一言で嬉しくなったり悲しくなったり、感情がくるくる回る。

好きな人のことを想うだけでいろんなことを頑張れて、平凡だった毎日がすごく楽しくて大切なものに変わるのだ。

「あのさ」

「はい」

「一つ提案なんだけど」

「……？　なんでしょうか」

タブレット端末を操作しながら青山さんが話す。

「今夜の打ち上げのあと、俺の家に泊まりに来てほしい」

「えっ……？」

「二人きりで話したいことがあるんだ」

話したいこと……？

昨日今日と休日出勤しているので、明日と明後日は代休だ。私よりも、青山さんは遥かに多忙で疲れているはずなのに大丈夫なのかな。

「でも……せっかくの休みなのに、お疲れじゃありませんか？」

「疲れているからこそ、琴美といたいんだろ」

「……は？」

「君はそんなことを気にしなくてもいい。とにかく宿泊を承諾してほしい。親御さんに許しを貰ったほうがいいなら、こちらから連絡しておくけれど」

どういうことっ？

「うちの親の連絡先知っているんですか？」

「うん。この前、ご両親と慶くんとは連絡先を交換したよ」

「……なんと⁉」

うちの家族の連絡先、全コンプしているんだ……。さすがだ、青山さん。よく仕事ができることで……

「連絡は自分でしておきますんで、大丈夫です」

「じゃあ、オッケーってことだね」

「……はい？」

うちの家族と連絡先を交換しているという話に驚いてしまって、お泊まりすると快諾してしまった。

もう少し渋ったほうがよかった？　軽い女だと思われた？

すでにエッチしてしまっている関係だし、今更だけど……

「よかった。今日も頑張れそうだ」

嬉しそうな表情で微笑みかけられて、私の不安はすぐに吹き飛んでいった。

青山さんと一緒にいると、すごくポカポカする。少年のような可愛い笑顔を見ていると、こちらまで嬉しくなる。その顔をずっと見ていたいなんて思う。

「じゃあ、俺は主催者に挨拶に行ってくる」

「はい、いってらっしゃい」

ブースから離れるその姿が見えなくなるまで、ずっと彼の背中を見つめていた。


セミナー開始まであと一時間。私は講師をすることになっている。

初めての講師ということでガチガチに緊張している私は、他の企業のブースなどを見て気持ちを落ち着かせていた。

練習は何度もしたし、品質管理部の人たちやプロジェクトのメンバーによくできていると褒められたから大丈夫だ。あとはいつも通りにやるだけ。

ふう、と大きく深呼吸して、おむつメーカーの前を通り過ぎたところで男性の声がした。

「琴美？」

こんな場所に下の名前を呼ぶような知り合いなどいないはずだが、自分の名前を呼ばれた気がして、足を止める。

「琴美だよね？」

もう一度呼ばれ、やはり自分に向かって声をかけられているのだと理解して声のほうを振り返った。

「やっぱり琴美だ！　久しぶり。覚えてる？」

目の前に立っている男性を見て、呼吸がうまくできなくなる。

もう何年も会っていなかったというのに、その顔を見てすぐに当時のことが蘇《よみがえ》った。あの頃と全然変わっていない。いや、変わっているけれど、より精悍《せいかん》さが増して男性的な魅力が増している。

――藤山修吾《ふじやましゅうご》。

私の元カレだ。大学時代に付き合って、初めてちゃんと交際というものをした相手。

容姿がいいのはもちろん、頭がよくて、優しくて気が利いて、どうして私なんかと付き合ってくれているんだろうって申し訳なく思うほどの素敵な男性だった。

彼とはいろいろなことを経験した。二人きりでデートをして、手を繋いだりキスをしたり、それ以上のことも。

けれど、私たちが付き合っていたのは、彼が私のことを好きだったからではなく、仲間内で男性経験のない女子を何人落とせるかというゲームをしていたからだった。

そんな苦い思い出の相手とこんなところで再会するなんて。

「もしかして覚えてない？」

「いいえ、覚えています。お久しぶりです……」

「やだな、なんでそんなに他人行儀なんだよー。俺たち付き合っていたのに」

その明《あ》け透《す》けな物言いに、胸がズキンと大きく鳴った。

藤山くんは、ゲームで付き合っていたという事実を私が知らないと思っている。だからこんなふうに悪びれることなく接してくるのだろう。

「ねぇ、なんでこんなところにいるの？」

「あ、えっと……仕事で。私、ベビー用品を扱う会社に勤めているの」

「そうなんだ。俺は衛生用品メーカーに勤めていて、おむつの担当をしているんだ」

「へぇ……」

誰もが聞いたことのあるおむつメーカー――エアフレル株式会社の名前が記載された名刺を出されて、私も慌てて名刺を差し出す。

「それより……。琴美、元気だった？　すごく綺麗になったな」

「え……？」

「一瞬誰か分からなかったよ」

「そ、そんなことないよ」

藤山くんとは別れて以来、全く会っていない。同じ大学とはいえ、接点がなくなったら会うことも話すこともなかった。

彼を見かけたことは時々あったけれど、そのたびに違う彼女を連れていたので地味に傷ついたものだ。

それより、「綺麗になったね」ってどういうこと？

私なんて地味だし、いつまでたっても垢《あか》抜《ぬ》けないし、藤山くんと別れて以来彼氏だってできていない。

藤山くんが言うみたいに綺麗になっているのなら、ずっと彼氏ができないままではなかったはず。

恋愛に臆病で前に進めず、気が付けば何年もたってしまった。褒められるほどの変化はないと思う。

きっとお世辞だろうなと軽くあしらった。

それにしても……

挨拶程度で会話が終わるかと思いきや、彼の話は大学の頃の友人の近況に変わっている。私はなかなか立ち去れない状況に陥《おちい》っていた。

「アイツ結婚したんだってー。そうだ、琴美は結婚してる？」

「まさか」

「じゃあ、恋人は？」

「いないよ」

「嘘だ」

「嘘じゃないよ」

青山さんと微妙な関係ではあるけれど、正式に付き合っているわけではない。彼氏がいますと堂々と言える関係ではないと思う。

「ねえ、じゃあ、近々二人で食事に行こうよ」

「え？」

食事……？　どうして？

藤山くんの意図が分からず首を傾げる。

「いや、でも……」

「琴美とゆっくり話したい」

「話……？」

今ので十分話をしたと思うのに、これ以上何を話すというの？

気が進まず、返事を渋っていると、藤山くんは身を乗り出してきた。

「もっとストレートに言ったほうがいい？」

「どういうこと？」

「偶然に再会して前よりずっと魅力的になった琴美を見て、このまま別れるのが嫌になった。また昔みたいに会いたい。俺のこと、もう一度男として見てほしい」

え……？　えええっ!?　どうしてそんなこと言うの？

再会してまだ少ししか時間がたっていないのに、なぜそんな気持ちになってしまったのか全く理解できない。

あの頃のように、また私を弄《もてあそ》ぶつもり？　経験のない私をからかって楽しみたいの？　都合のいい女にしようと思っている？

彼の真意は分からないけれど、これ以上、私を傷つけないでほしい。

「わ、たし……」

――私、あなたと親しくなるつもりはありません。昔みたいに都合のいい女にはなりたくないから。

そう言おうと口を開いた瞬間、背後から腰に手を回され、体が引き寄せられた。

しまう。

こんな大きな会場で人を探すなんて至難の業《わざ》のはずなのに、よく見つけられたものだと感心して
そして、いつもにこやかな青山さんが無表情に藤山くんのほうを見ていた。

怒って……る？　なんだか、すごーく怒っているように見えるんですけども！

「どうしたの？　もうすぐセミナーの時間だよ」

「あ、すみません。すぐに戻ります」

「うん、一緒に戻ろう。……そちらの方は？」

「あ、えと……」

同じ大学だった人ですと藤山くんを紹介する。

「初めまして、僕は彼女と同じ会社に勤めている青山蒼汰と申します」

「初めまして。エアフレルに勤めている藤山修吾です。琴美とは大学時代に付き合っていたんです。

久しぶりの再会で盛り上がっていたんですよ」

ひいい！　藤山くんったら、一体何を言い出すの！

青山さんの表情がより険《けわ》しいものになり、私は二人の間に流れる不穏な空気に押しつぶされそう
になった。背中に嫌な汗が流れるのを感じている。

「そうなの、琴美？」

「え、ええと……あの、その……」

青山さんからにっこりと微笑みかけられるけど、目が全然笑っていない。

藤山くんとのことは、付き合っていたというよりも、弄《もてあそ》ばれたというほうが正しい。けど、そんなこと言えない……

付き合ってなどいなかったと言ったら、それは嘘になってしまうし、どう答えればいいのだろう。

返答に困っていると、藤山くんが再び話し出した。

「何年かぶりに再会できたんだから、今度一緒に食事に行こうよ。ね、琴美」

青山さんの前だというのに構わず押してくる藤山くんに困惑していると、青山さんが口を挟んだ。

「申し訳ないけれど、琴美は今、僕の恋人なんです。だから君が友人でなく元恋人なのであれば、その誘いは遠慮してもらいたい」

また何を言い出すのかと思いきや！　堂々の恋人宣言。

私たち付き合っていませんから……

でもこの状況で彼氏のフリをしてもらえたのは心強い。彼氏がいないと言ってしまったので嘘だと言われるかもしれないけど、助け船を出してもらえたのはとてもありがたい。

ここは青山さんの嘘に乗っかっておこうと思ったのに、私より先に藤山くんが口を開いた。

「取られるんじゃないかって、心配しているんですか？　随分自信ないんですね。それに琴美は先程、恋人はいないと言っていましたよ。もしかして恋人だと思っているのは、あなただけなんじゃありませんか？」

ふ、藤山くんっ！　なんという喧嘩腰な発言。聞いているこっちがヒヤヒヤしてしまう。

青山さんと藤山くんの間に火花が散っているように見えてきた。

怖い……とっても怖いよーっ‼

「僕たちの関係は会社で内緒にしているんですよ。今日は仕事でここに来ていますし、琴美は約束を守って内緒にしてくれていたんだよね？　それなのにごめん、言っちゃった」

青山さんは最後の言っちゃった辺りで「テヘ」というようにおちゃめにはにかむ。その顔を見て、私は胸キュンしてしまった。

これは嘘で演技だと分かっていても、すごく可愛い。緊迫した状況なのに、不覚にもドキドキしてしまう。

「琴美がどうしても行きたいというのなら、琴美の気持ちを尊重するけれど、そんなふうには見えないから心配で。琴美はあまり乗り気ではなさそうだ」

「そうですか？　恥ずかしがっているだけだよね？　琴美は昔から、感情をあまり表に出さない子だったもんね。だから嫌がっているわけじゃないよね？」

ぐいぐいと押してくる藤山くんに対して何か言いたそうな青山さん。だけど、挑発に乗るのは大人げないと、自重《じちょう》しているように見える。

青山さん……こんなことに巻き込んでしまってごめんなさい。

ちゃんとしなきゃ。自分の口からはっきり言わないといけない。

「藤山くん……あのね。昔、私たちが付き合っていたとき、私のことなんて全く好きじゃないのに付き合っていたんだよね？　友達と賭けをしていたからだよね？」

「そ、それは……」

「もうあんなふうに弄《もてあそ》ばれるのは嫌なんだ。一度裏切られた人とこの先はないと思うから、食事には行けません」

「いや、でも――」

「ごめんなさい」

――言えた。思っていることをちゃんと伝えることができた。

ずっと今まで心の中で靄《もや》がかかっていたものが、ぱっと晴れたような気がする。

昔の私とは違う。きちんと男性を見る目だって養ってきたつもりだし、同じ過《あやま》ちはおかさない。

自《みずか》らの力で彼を断った勇気を褒めたたえたい気持ちだ。

「じゃあ、僕たちは仕事がありますので、これで」

青山さんにエスコートされて、藤山くんのもとから去る。

彼の姿が見えない場所まで歩いたあと、私たちは自然と足を止めた。

「青山さん、あの……」

「アレが、エッチ下手な元カレね。顔を拝めてよかったよ」

「は!?」

エッチが下手って、どこからそんな情報が!?

私は頭がついていけなくてパニック状態に陥《おちい》る。

「あ、あの……っ!?」

「いや、今まで痛かった思い出しかないって言っていただろ？　痛みに耐えながらになるからセックスするのは嫌だって」

「ああ……」

随分前のことをよく覚えていらっしゃることで……

まさか二年前に酔った勢いで話した内容を、青山さんが覚えているなんて思わなかった。

「私、藤山くんが初めてちゃんと付き合った彼氏だったんです。だけど付き合ってすぐにフラれてしまいました。友達同士で、経験のない女子を何人落とせるかゲームをしていたみたいです。バカですよねー。そんなふうに遊ばれていることにフラれたあとまで気が付きませんでした」

まさかこんな形で青山さんに過去の恋愛話をするなんて思いもよらなかった。この年齢になってもまともな恋愛経験がなく、ぞんざいな扱いしか受けたことのない私にガッカリしただろうか。

恐る恐る顔を上げると、青山さんは私をじっと見つめていた。そのまま腕を引き寄せられて抱き締められる。

「あ、の……っ」

「あの元カレは、女性を見る目がなさすぎる。琴美は遊びで付き合うような女性じゃない。今頃気が付いて、きっとすごく後悔しているはずだ」

「いやいや……そんなことはないですよ」

「そんなことあるよ。こんなに魅力的で素敵な女性なんだから」

聞いているこちらが恥ずかしくなるような言葉を貰って、私は何も言えなくなってしまった。お世辞なんだろうけど、それでも照れてしまう。

「すみません、変なことに巻き込んでしまって」

「構わないよ。変な虫を寄せ付けないようにするのも、俺の仕事だから」

「…………ん？」

最後の言葉はよく分からないけれど、とにかく青山さんが駆け付けてきてくれた。一人で対峙していたときはとても心細かったのだ。一緒にいてもらえて、本当によかった。

「もうすぐセミナーの時間だ。頑張っておいで」

「はい」

青山さんは私の頬に唇を触れさせる。柔らかい感触が伝わってきて、息が止まりそうになった。

広い会場でたくさんの人がいるとはいえ、同じ会社の人だって何人もいるこの場所でそんなことしちゃう？

信じられない。青山さんって、強引で困ってしまう。

だけど――嫌じゃない。

いや、むしろ好き。恋愛に対して後ろ向きな私をぐいぐい引っ張っていってくれることが嬉しい。

ずっとこうして青山さんの傍《そば》にいたい。

好きです、青山さん。

……どうしようもなく好き。

「いってきます」

私は新しい自分になったような気持ちでセミナー会場に向かった。

＊＊＊＊

「私たち品質管理部は、こうして製品の安全確認を何度も繰り返し、品質に問題がないか確認しています」

数十人集まったママたちの前で、私は緊張しながらセミナーを行っていた。

プロジェクターに映し出された映像とともに、普段の仕事の説明をしつつ、うちの商品がいかに安全であるかを知ってもらう。

あとは、実際に商品を手にとってもらって、使用感を体験してもらい、どういうときに子どもの事故が起きるのか説明した。

「乳児期の事故は、家の中で起こることが多いと言われています。誤飲や転落などが主で、目を離した隙に起きます」

事故の事例を挙げ、どうすれば回避できるのか、ディスカッションを交えて考えてもらう。セミナーを聞きにきてくれた人たちに積極的に参加してもらいながら進めていくというスタイルだ。

誤飲防止の工夫として、ラブベビチルドレンの製品についている小さな部品は口に入れると苦味を感じるようにしてある。そんな細部のこだわりを話すと、なかなかいい反応が返ってきた。

嬉しくなって、続ける。

「我が社のチャイルドシートは、衝撃吸収性に優れたクッションになっており、もしもの事故に備えて安心できるような工夫を施《ほどこ》しております。通気性もよくスリムな設計となっているので、車内のスペースを有効活用できるのが特徴です」

緊張のせいで早口にならないよう気を付けながら、来場してくれた人たちにちゃんと伝わるように話していく。途中、進行の順番を間違えそうになったりもしたけれど、皆がフォローしてくれて、なんとか乗り切れた。

セミナーの三十分は長いようで短く、あっという間に終了の時間を迎える。

「ふう……」

受講してくれていたお客さんが退室していくまで見送ったあと、やり切った、と清々《すがすが》しい気持ちで深呼吸をした。

「田中さん、お疲れさま。よくできていたよ」

「ありがとうございます。皆さんのおかげでやりきることができました」

参加してくれたママたちからも好評で、アンケートにも「ためになった」との声が多数届いている。

私一人ではここまでのクオリティのものを作り上げることはできなかった。皆で力を合わせて協力したからこその大成功だ。

このメンバーで仕事ができて心からよかったと思う。

そして無事ママベビフェスタが終わる。皆で打ち上げをして、別れを惜しみながら終電時間近くに解散となった。


今、私は青山さんの家のソファにちょこんと座り、彼がシャワーを浴び終わるのを待っている。

なんで、なんでこうなった⁉

打ち上げのあと、時間差で彼のマンションに向かい、誰にも見つからずここに来たところまではよかった。だけど、部屋に入るなり「シャワー浴びてきたら？」を始めにあれやこれやと言いくるめられ、シャワーを浴びてしまった。

そして青山さんの大きめのシャツを着て、ソファの上で待機中。

私たち、まだ付き合おうって話とかしていないのに、もう恋人同士みたいだよね？

いや、でも勝手な思い込みはよくない。

私が知らないだけで最近の男女は友達同士でもこういうことをするのが一般的だという可能性もある。

巷《ちまた》では当たり前なのかもしれないことで、暴走するのはだめだ。とにかく落ち着こう。

「ふう……」

「何やってるの？」

「ぎゃああ！」

深呼吸したときに背後から声をかけられ、驚きのあまり大声を出してしまった。

「す、すみません、大きな声を出してしまって」

「別に構わないよ。このマンション、ちゃんと防音になっているから。隣の音とか全然聞こえないし」

相変わらず濡れ髪の青山さんの格好よさはハンパない。

スーツを脱いでラフな部屋着になった姿でさえ格好いいなんて、目に毒だ。

どんだけ色気を出すつもりですかぁぁ！

「どうしたの、顔赤いけど」

「いえっ、気のせいです」

「そ？　ならいいんだけど。体調悪いなら、すぐに言ってくれよ」

「はい。……それより、話って」

今日青山さんのマンションに誘われたときに話したいことがあると言われたので、ずっと気になっていたのだ。

イベント中はなるべく考えないようにしていたけれど、内容が気になってソワソワしてしまう。

「まずその前に」

ソファの前の木製のテーブルの上にミネラルウォーターを入れたグラスを二つ置かれた。先程までお酒を飲んでいたから、お水にしてくれたみたい。

「琴美は元カレに再会して、気持ちが揺れたりしていないか？　昔の気持ちが蘇《よみがえ》った……とか」

「ないですよ。どちらかというと、ハッキリ断ることができたのでスッキリしました。今回のことでずっと引っかかっていたものがなくなった気がします」

過去に囚《とら》われていた自分から抜け出せたようで、とても清々《すがすが》しい。これで前に進めるような気がしている。その点では藤山くんと再会できてよかったのかもしれない。

「そうか。よかった」

よかった？　よかったの……？

青山さんの言葉を不思議に思っていると、彼は私の体を引き寄せて強く抱き締めた。

「元カレのことを好きになったって言われたらどうしようかと思った」

「ないです、大丈夫です」

「本当に？」

「本当です」

「……琴美のことを気持ちよくさせられるのは俺だけだからな」

「んなっ⁉」

あまりの方向転換に驚く。今の話の流れから、そっち方面に行きます⁉

「そうだろ？　俺のときは気持ちよさそうだったし。付き合っていく上でそういう相性は大事だ」

「そ、そう言われても、私には分かりません！」

変な汗が出てきた。

んもうーっ。返事に困るような話を振らないでよぉーっ。

「分かっているだろ。俺たち、何度もセックスしてるのに」

「知りません！」

「知らないなんて言わせないよ」

「あっ……」

一緒に座っていたソファの上に押し倒される。お風呂上がりのいい香りのする青山さんが私をまっすぐに見つめていた。

「忘れたなら、思い出させてあげるけど？」

「け、結構です……っ」

「そう？　俺は今すぐ思い出したいな」

「ひゃあっ……」

青山さんに組み敷かれて、体の重みを感じるくらいに密着した。そして彼の腰がぐっと近づけられて、もうすでに興奮していることに気が付かされる。

「あの……っ、反応が、早すぎ、ませんか⁉」

「そう？　これでも抑えているんだけど」

「んんっ……」

求められているからそういう状態になっていると思うと、照れる。青山さん、私とシたいって思ってくれているんだ……

今まで何度もキスをしてきたけれど、何回しても緊張する。それからすごく胸が熱くなって、この柔らかな感触に夢中になってしまう。

甘くて可愛い音をたてながら口付けを交わしていると、体のラインをそっと撫でられた。

「……っ、ふぁ……」

唇を塞がれているせいで、うまく声を出せない。キスの合間に喘《あえ》ぎ声が漏れる。

「待っ……て、待って……。大事、な……は、なし……する、って……」

今日私が青山さんのマンションに来たのはエッチをするためじゃない。話したいことがあるからと呼び出されたのだ。

そのはずなのにシャワーを浴びたのはどういうことだというのは置いておいて、ちゃんと話を聞きたい。

「シながらするから、抱かせて」

「ん……っ、ぁ！」

彼の大きめのTシャツを大胆に捲《まく》り上げられて、私の下着があらわになる。恥ずかしがる余裕もないままに、ブラジャーを外されてしまった。

「や、ぁ……っ」

ぷるん、と揺れる胸を大きな手で鷲掴《わしづか》みされる。

「琴美の胸って、本当にちょうどいいサイズだよね。俺の手にいい具合に収まる」

「あ、あぁ……っ」

「でも。一番のお気に入りはここ。可愛い色だし、形も綺麗だし、何より感じやすいのがいい」

「ひゃ……っ、あぁ、だめ……」

くにくにと胸の先を摘まれて刺激された。強すぎず弱すぎない力加減に感じてしまい、声が抑えきれなくなる。

「あの元カレは、こんなふうに可愛がったりした？」

指先で弄《いじ》ったあと、青山さんはそんなことを言いながらツンと張り詰めた乳首を舐め始めた。

「あん……っ、あぁ……」

「ここをいっぱい舐めると、琴美が可愛い声を出して感じることとか、いっぱい濡れてきて、下着を汚してしまうこととか知ってる？」

「そ、んなの……知らな……」

こんなふうに執拗《しつよう》に愛撫されるなんて、青山さんが初めて。

彼はねっとりとじっくりと私の体中を味わって、なかなか解放してくれない。

私が知っているのは、もっと軽いものだった。

けれど、こうして青山さんと体を重ねていくたびにその記憶は上書きされていき、もう思い出せなくなっている。

「くく、知らないよね。知るはずもない。だって彼は、琴美を気持ちよくさせてあげられなかったんだもんね」

いつの間にか青山さんの手が下肢に伸び、下着の中へ入り込んでいた。すでにそこは潤《うるお》っていて、彼の指先が媚肉の周りを撫でただけで蜜音を漏らす。

「俺が触ったら、こんなにも濡れるのにね。おかしいな、あのカレ、よっぽど下手だったのかな？」

悪意が凄い。悪意しかないよね、今の言葉……っ。

あのとき冷静を装《よそお》っていたけれど、すごく怒っていたことが伝わってくる。

「ん……っ、青山さ……」

「蒼汰でしょ？」

呼び方を正されて、私は体を震わせた。

「ちゃんと呼ばないと、触ってあげないよ」

「あ……っ」

下着が汚れるほど濡れている場所から指を遠ざけられると、自然と腰が揺れる。今までこんなふうに乱れることなんてなかったはずなのに、青山さんを知ってから私は変わってしまった。

「ほら、呼んで」

「……蒼汰さん」

「可愛いよ、琴美」

目を細めて微笑み、青山さんは再び口付けをねだる。キスをすると、喪失感でたまらなくなっていた場所に指を再び挿入してくれた。

「ん、ふ……ぁ……っ」

淫《みだ》らな悦《よろこ》びを知ってしまった体は、ビクンと大きく揺れながら彼の指先を受け入れる。内側の快感が増した。

「琴美のここは、濡れやすいね。俺にだけこんなふうになるの？」

「や……ぁ、っ……あぁ……」

そんなこと分からない。だって藤山くんと青山さんとしかこういうことをしたことがないんだから。

でも藤山くんとではこうならなかったのは、青山さんの言う通りだ。

「お尻のほうまで垂れてる。すごくいやらしいよ」

「そんな……っ、こと……」

そんなこと言わないで。揶揄《やゆ》に羞恥《しゅうち》を感じて、逃げ出したくなる。

「そんな悲しい顔をしないで。俺は喜んでいるんだ。こんな可愛い琴美を独り占めしていることに舞い上がってる」

青山さんの嗜好《しこう》は変わっている。経験が少ないことを喜び、彼にだけ感じるという私にご満悦の様子だ。

「いい具合にほぐれてきたかな。琴美のここ、俺だけのものにしたい」

通常なら恥ずかしくて口にできないようなことを、さらっと言ってのける。指は蜜を絡めてねっとりと濃厚にそこを嬲《なぶ》り続けた。

「どういう……意味、ですか……」

「俺以外の男とはしないでほしいってこと」

だから、それは一体どういう意図があって言っているの？

青山さんの真意が分からなくて頭を悩ませていると、頬に軽くキスをされた。

「琴美って本当に鈍感。あえて気が付かないフリをしているのかと思うくらいひどいよ」

「ええ……？」

そう言われても、分からないものは分からない。ちゃんと私にでも分かるように教えてほしい。

「何度も言っていると思うけど、俺は琴美が好きだ。俺の彼女になってほしい」

「……え？」

「それから、結婚したい。ずっと俺の傍《そば》にいて。年老いても変わらず愛し合っていたい」

「う、そ……」

「嘘じゃない」

誰でもいいわけじゃない、琴美がいいんだ、とハッキリと言われて、私は信じられないくらい嬉しくて言葉を失った。

「返事、聞かせて」

――琴美が好き。

確かに青山さんは、そう言った。

本当に？

私も青山さんとずっと一緒にいたい――

いつも素直になれなかったけれど、自分の気持ちに正直になりたい。

「……わ、たし」

「ん？」

「私なんかでいいんですか？　私……」

「私なんか、じゃない。琴美がいいんだ」

不安に揺れる言葉を遮《さえぎ》り、青山さんはまっすぐに私を見つめた。

「琴美じゃないと、俺はだめだ」

「本当に？」

「ああ、本当だ」

その言葉を聞いて、泣いてしまいそうになった。

好きな人に、好きだと言われる喜び。未だかつてこんな幸せを感じたことはない。

涙が頬の上をはらはらとこぼれていく。

「琴美が好きだ。琴美だけが」

「……はい」

「好きだよ」

そっと指で涙を拭《ぬぐ》われて、優しく微笑みかけられる。そして彼の腰がぐっと近づいた。

「……あっ」

彼が私の中に入ってくる。それはいつもより熱くて、形も大きさも鮮明に伝わってきた。

「待っ、て……蒼汰さん」

「だめだ、待てない。君が初めて俺を受け入れてくれたんだ。嘘じゃないって感じたい」

「ああ……っ」

苦しいほどに膨張している彼が私の奥までゆっくりとやってくる。最奥にキスをするほど入れ込むつもりだ。

「はぁ……」

深く密着すると、青山さんは熱い吐息を漏らした。

「琴美……好きだ。全部俺のものにしたい」

「あっ、んん……」

青山さんとこんなふうに一つになっていることが嬉しい。

ゆっくりと引き抜かれ、彼の熱い括《くび》れに中を擦《こす》られて、あられもない声が止まらなくなった。

「すごく気持ちいい……。琴美も感じてる？」

「……あぁっ、……うん、気持ち、いい……っ」

「ああ、可愛い。たまらない」

そして奥まで再び差し込まれる。もうこれ以上入らないという場所まで押し込まれて、子宮がキュンッと震えた。

「琴美とずっとこうしていたい」

「……うん」

ゆったりとした抽送《ちゅうそう》が少しずつリズミカルに、そして激しくなっていく。そのたびに私から蜜音が鳴りソファが軋《きし》んだ。

「ソファじゃ、狭いな。ごめん、余裕がなくて」

「ううん、平気」

「ベッドに移動しよう。俺の首に手を回して」

「うん」

繋がったまま脚を持ち上げられて、抱きかかえられた状態で移動した。

「ちょ……、蒼汰さんっ、これ……っ、ああっ」

「すっごく奥まで入るね、コレ。気持ちいい？」

「や、ぁ……っ。ヘンなこと……言わないで……っ」

彼が歩くたびに私の体が揺れて、二人の繋がった場所が上下に動く。その動きに合わせて、快感が広がっていった。

「俺に抱きついている琴美が可愛い。いっぱいいじめたくなる」

「やぁ……っ、だめ……ぇ」

抱きかかえられたまま激しく腰を打ち付けられて、甘美な快楽に溺れる。

青山さんに激しく求められていることが嬉しくて、気持ちよくて、幸せで、いつも以上に感じてしまった。

どうしよう、私……イッちゃいそう。

「だめだめ……っ、蒼汰さん、私……」

「イキそう？」

「ん……あぁっ、もうだめ……っ」

繋がっている場所が、触れ合っている場所が、どうしようもないほど気持ちいい。このままこの快感に溶けてなくなってしまいそう。

絶頂へと導くため、青山さんは断続的なリズムで私の中をかき回した。

「あっ、あっ――――」

声が出ないほどの愉悦に包まれて、目の前で光が瞬《またた》く。私は真っ白な世界に飛ばされて、高みに昇りつめた。

「はぁ……はぁ……」

達してしまった体を優しくベッドの上に置かれた私は、だらんと脱力したまま彼を見上げた。

「可愛かった」

ちゅ、ちゅ、と甘い音を奏でながらキスをされる。

こんなに優しく抱いてもらっていいのだろうか、と申し訳なくなってきた。これって彼女の特権？　彼女ならこうして愛されても不自然ではないということ、だよね。

「なんだか信じられない」

「何が？」

「私……今日から蒼汰さんの彼女……なんですね」

「うん。やっとだ。今日まで長かったよ」

ずっと私のことを想ってくれていた……

今まで絶対嘘だと思って微塵《みじん》も信じていなかったけれど、すごく愛されているってことだ。

青山さんに愛されている。

こんな素敵な男性に好意を抱いてもらえるなんて……嬉しくて照れくさくて恥ずかしくなってくる。

「これからずーっと大事にするから」

「はい」

甘くてとろけてしまいそうな言葉を貰い、私は彼の体にぎゅっとしがみついた。繋がったままの状態で幸せを噛み締める。

「さて。今度こそちゃんとベッドで愛させて」

「ああ……っ。んん……」

唇を重ね合いながら、青山さんは腰を動かし始めた。達したばかりで敏感になっているのに、動かれるとまたすぐに昇ってしまいそう。

「待っ、て……。……んっ、ゆっくり……」

「待てない。琴美と抱き合っていると、我慢できなくなる」

色っぽい呼吸に聞きいっていると、逞《たくま》しい腕に抱き寄せられて密着度が増した。ベッドのスプリングも相まって、抽送《ちゅうそう》が激しくなる。

だめだ……私。また……

眩暈《めまい》のするようなこの行為に陶酔《とうすい》して、無我夢中で大きな背中にしがみついた。

「蒼汰さん……」

愛《いと》しい人の名前を何度も呼んで高まっていく。

「琴美……好きだよ」

「ん……。ぁ、ああっ……蒼汰さん……」

「あ、ヤバいな。名前を呼ばれると、すぐにイキそうになる」

いつも冷静な青山さんが照れて困ったような表情をしていて、とても可愛い。私の言葉でそんな顔をするのだと思うと、もっと言いたくなった。

「蒼汰さん……」

私の中にいる彼が硬く膨れ上がり、すぐにでも爆《は》ぜてしまいそうなほどになっている。

「こら。煽《あお》るんじゃない」

「だって……蒼汰さんが可愛いから」

「琴美に言われるなんてな。可愛いのは琴美だ」

他人には聞かせられないような甘い恋人同士の会話を楽しんで、名前を囁《ささや》き合う。それと同時に肉体的な快感が増して、私たちは絶頂へと進んでいった。

「あ、あ、あぁ……っ。気持ち、いい……っ。おかしく、なっちゃいそ……。こんなの、初めて……っ」

「俺も気持ちいいよ。琴美、もう出そうだ。……もうイッてもいい？」

「うん」

我ながら何という大胆なことを言うのだろう。だけど、今の二人は盛り上がっていてそんなことを気にする状況ではないのだ。

お互いを激しく求め合い、ぶつかり合う。羞恥《しゅうち》など忘れて、一心不乱に腰を振った。

繋がり合った場所を何度も深く濃厚に絡め合って、極上の快楽に向かう。

ものすごい勢いで駆け上がって昇りつめる。呼吸を忘れるほどの衝動を感じて、私は彼と同じタイミングで絶頂を迎えた。

＊＊＊＊＊

代休明けの水曜日。

あと数日勤務すればまた週末がやってくる。

週末はいつも一人、もしくは友人とカフェ巡りをしていることが多い。予定がないときは家でひたすらダラダラしていることもある。

そんな非モテな日常を送っていたのに、ついに私に彼氏ができた。しかもそのお相手は、会社の上司であり、イケメンで女性社員たちから大人気の男性。

私、田中琴美は青山蒼汰さんの恋人となりました！

仕事に集中しているはずなのだけど、ふとした瞬間に青山さんのことを思い出してニヤけてしまいそうになる。

だめだめ。一人でニヤニヤしていたら、変な人だと思われる。落ち着け琴美、青山さんのことを考えるな。

ふう、と深呼吸して冷静さを取り戻そうと努力していると、ボトムの後ろポケットに入れていたスマートフォンが震えた。

誰だろう?

そう思ってディスプレイを確認すると、青山さんからのメールだ。

『今から外回り行ってくる。外はすごく暑い!』

『そうなんですね。気を付けて行ってきてください』

『早く琴美に会いたいな』

語尾に可愛らしいネコが「すき!」と言っているスタンプが押されていて思わず顔が火照《ほて》る。

ひゃーっ!

思わず「甘ぁーい!」と心の中で叫んでしまった。夕べまで一緒に過ごしていたし、会社でも朝から顔を合わせていたというのに、早く会いたいと言われるなんて!

恋人同士がするようなメールのやり取りをして、心が躍る。ニヤけるどころの騒ぎじゃないくらいスマートフォン相手に微笑んでしまったので、見られてはいけないとデスクに顔を突っ伏した。

――ああ、だめだ、だめだ。仕事中なのに、心臓がバクバクして落ち着かないよ。

こんなふうに冷静さを失うなんて私らしくない。いつも心配性で用心深い私が、こんなに浮ついてしまうとは。

何気ないメールのやり取りがすごく嬉しくて楽しい。こんな心弾むような気持ちになれるとは恋の威力は凄すぎる。

幸せすぎて怖いくらい。

夢じゃないよね？　夢なら覚めないでいてほしい。ずっとこのまま……

7

私たちが付き合い始めて一ヵ月が経過した。

盛夏《せいか》は過ぎたとはいえ、まだまだ暑い日が続いている。そんな暑さを吹き飛ばすようなラブラブ真っ盛りの私たち。

会社では今まで通りに、「青山さん」「田中さん」と呼び合い、特に親しく話すなんてことはしない。

青山さんが変に近づいてくることもなくなった。部署が違うのでたまに仕事上の話だけをする間《あいだ》柄《がら》だ。

けれど退社したあとは、青山さんのマンションの近くで待ち合わせて一緒に食事をしたり、そのまま部屋に遊びに行ったりしている。

二人で一緒に歩くときは、青山さんは私に歩調を合わせて、指を絡ませるように手を繋いでくれる。これぞ憧れていた恋愛って感じで、幸せいっぱいだ。

昨日だって、会社帰りに前に約束していたパルマカフェへ行った。青山さんの言う通り、料理が美味《おい》しくて店内の雰囲気もとてもよかった。

そして家まで送り届けてもらって、別れ際にキス——すごくドキドキした。

そんなことを思い出しながらコピー機の操作をしていると、鮫島くんが寄ってきて、周りに聞こえないような小さな声で話し出した。

「青山さんの彼女、お疲れ～」

「しーっ!! もう、内緒って言ったでしょ！」

青山さんとのことは皆に内緒にしているけれど、今までたくさん相談に乗ってもらっていた鮫島くんにだけは打ち明けた。

本当によかったな、とすごく喜んでくれている。

「そういや田中さんって、明日からリフレッシュ休暇だったよな？」

「あ、うん。そうだよ」

うちの会社はとても優良で、社員たちがちゃんと有給休暇を消化できるように順番に連休を取らせてくれるリフレッシュ休暇制度がある。

先輩たちから順番に取得し、今月は私の番。

まさか恋人同士になるなど思ってもみなかったので、私の休みは青山さんと全くかぶっておらず、リフレッシュ休暇中は一緒に過ごせそうもない。

「青山さんは休みじゃなさそうだけど……何して過ごすの？」

「特に予定はない……かな」

今日は月曜日なんだけど、明日から六日間が休み。

他の社員たちは長期で旅行に行ったり、実家が遠方の人は帰省したりしていた。

皆いろいろ充実した使い方をしているのだけど、実家暮らしの私にはあまり有効な使い方が見当たらない。

今週末も青山さんと会うだろうし、長期の旅行の予定は入れなかった。とりあえず買い物やカフェ巡りをしようかな、という程度だ。

「そうなんだ？　ぱーっと旅行でも行けばいいのに」

「でも一人だし……」

「一人旅も楽しいよ」

「鮫島くんって一人旅するんだ？」

そこから会話が盛り上がる。

一人旅か……。今まであまりしたことがないけれど、話を聞いていると少し興味が湧いた。

けれど、青山さんに一人旅に行こうと思うなんて話したら、きっと心配だと言い出すに決まっている。

青山さんにとって私は、子どもみたいで悩みのタネらしい。事あるごとに気がかりだと言われる。

そんな心配いらないと主張しても全く納得してもらえず、「琴美は鈍感だから」と余計に不安にさせてしまう。

私も心配症だけど、青山さんも負けず劣らずってところなのかな。

「気が向いたら、行ってみようかな〜」

「お土産《みやげ》話待ってる」

「うん」

鮫島くんが一生懸命お勧めしてくれたから、前向きに検討しつつも、きっと行かずにまったりと休日を過ごすような気がするなーなどと考えた。

退勤時間になり、私は抱えていた仕事を全て片付けて、引継ぎを済ませたことを確認してから会社を出た。

行動表のホワイトボードを見ると、青山さんは午後半休になっている。

――半休。そうなんだ……。そんな話、何もしていなかったのにな。

何か急用が入ったのかなと思いつつ、何かあれば連絡が来るだろう、と軽い足取りで帰路につく。

ああ、明日も明後日も仕事が休みなんて、幸せだ～っ。

いつもの電車に乗り、久しぶりにスマートフォンでSNSを見ていると、高校時代の同級生がパン屋さんを開店したという書き込みをしていた。

パン屋だけれど、イートインスペースが設《もう》けてあるようで、夜も遅くまでオープンしているお店だ。開店してから一ヵ月ほど経過しているけれどお祝いに行こうと思い立つ。

今からお花屋さんに行って、お祝いの花を買おう。店の外に飾れるような観葉植物がいいかな。それとも家に持ち帰ってもらえるようなアレンジメントのほうがいい？

なんて思いを巡らせながら、そのパン屋さんの最寄り駅で降りた。

パンの勉強をするために単身でフランスに行った友達。いつか自分のお店を持つのが夢なんだ、と言っていた彼女の笑顔を思い出して自分のことのように嬉しくなる。

私と同い年なのに、夢を叶えていて凄いな、と尊敬の念を抱いた。

胸を弾ませながら花屋に行き、観葉植物を買う。少し大きいから抱えて歩かないといけないけれど、花屋からパン屋まではすぐ近くだから大丈夫だ。

目の前が隠れるくらいの大きな観葉植物を持って、私は信号で立ち止まる。

「ふう……」

近いから大丈夫なんて思っていたけれど、結構大変だぞ、コレ。

深呼吸して顔を上げると、向かいの通りに面した産婦人科の玄関に見覚えのある男性がいた。

「青山、さん……？」

青山さんらしき男性は、女性と共に産婦人科から出てくる。

青山さんの隣には、デニムのワンピースを着たお腹の大きな女性がいた。太っているというわけではなく、あれは妊婦さんだ。

肩くらいの栗色の髪に透《す》き通るような白い肌をした清楚《せいそ》な女性は、とても華憐《かれん》で美しい。腕も脚も細くて羨《うらや》ましくなるほど。

おそらく臨月だろうと思われるお腹を撫でて、青山さんと共にゆっくりと歩いている。

「何、アレ……？」

信号が青に変わった。

私は再び観葉植物を抱えて歩き出す。きっと友人のお店はこっちじゃない。それなのに青山さんと女性が歩いていく方向へついていかずにはいられなかった。

今まで感じたことのないような変な胸騒ぎ。妙に体が冷たくなって喉がひどく渇いている。

外は汗ばむほどの気温なのに、すごく手先が冷え呼吸が乱れて胸が苦しい。

青山さんと女性は、とても楽しそうに話をしていて、時折、微笑み合う。

――大丈夫、何もない。きっと知り合いの女性だ。私の心配するようなことは何もない。

友達にたまたま出会っただけだよね。いや、道端で気分が悪そうにしていた妊婦さんを助けてあげたという可能性もある。

そう思うのに、どうしてこんな尾行するみたいな真似しているんだろう。

行動と気持ちが一致していなくて、おかしいって分かっている。けど――

重たかったはずの観葉植物の重みは感じなくなっていた。植物で顔を隠しながらあとをつけていると、二人は近くのドラッグストアに入り、買い物を済ませ、再び歩き出す。

青山さんの手には新生児用のおむつが二袋。

嘘でしょ、嘘でしょ。

嫌な予感がぐるぐる頭を駆け巡る中、二人は一軒家の前で立ち止まった。

一旦荷物を置いた青山さんは、ポケットからキーケースを取り出して、その家の玄関の鍵を開け荷物を運び込む。

そして再び出てくると、女性の背中に手を添えて家の中に入っていった。

「う、嘘……」

二人が入っていった家を見て、愕然《がくぜん》とする。

表札には『青山』の文字。

青山さん……一体、どういうこと？

もしかして、青山さんって既婚者なの？　あれは奥さん？

いや、そんなはずはないよね。青山さんが結婚しているなんて聞いたことない。……でも、独身だとも聞いていない。

いやいや、結婚相談所に行っていたし、既婚者じゃ入会なんてできないはずだ。

だけど入籍する前に入会していたら……あり得ない話ではない。

え？　何、コレ。一体何が起きているの？

やだなぁ、もう。新手のドッキリ？　私、一般人だよ？　芸能人ならこんな手の込んだドッキリしてもいいと思うけれど、一般人にこんなことをしても、誰が得するの？　何も面白くないよ。

冷静になろうと思っても、落ち着けるはずがない。

それから友人のパン屋さんに行ったはずだけど、そこで何を話したのか私には全く記憶がなかった。

気が付いたときには、自分の部屋に座り込んでボーッと壁の一点を見つめている。

あの家はなんだったのだろう？

青山さんの持ち家？　じゃあ、あのマンションは？　二重生活しているの？

仮にあの女性が奥さんだったとして、結婚していたとして、妊娠していたとして。

青山さんはどうして私に付き合おうって言ったの？

結婚しているのに、なぜ私に言い寄ってきたの？　私を騙《だま》して付き合おうと考えているの？

藤山くんのことを怒ってくれていたけれど、彼と全く同じようなことをしているじゃない。青山さんは、そんなことをする人なの？

心が軋《きし》む。温かだった胸は、すっかり冷たくなってしまっていた。

縋《すが》るようにスマートフォンを手に取って、青山さんにメールを送ってみた。

『今日、半休だったんだね。今、何しているの？』

送ったメッセージを見つめていると、すぐに既読になる。

『家にいるよ』

返事をくれたけれど……家ってどこの？　私たちが週末一緒に過ごしているマンションじゃない家のこと？

妊娠している奥さんと入っていったあの一軒家だよね？

家というくくりでは嘘ではないのだろうけれど、青山さんが何を考えているのか分からなくなってくる。

この人なら信じていけるって思っていたのに、不信感でいっぱいになっていた。何を言われても疑いの心で聞いてしまう。

奥さん、綺麗だった。

私みたいに地味でひねくれていて可愛げのない感じじゃなくて、綺麗で可愛くて優しそうで笑顔の素敵な女性だった。眩《まぶ》しいくらい幸せそうで、青山さんにすごくお似合いだった。

青山さんと並んでいるところを見て、「ああ、そうだよね。青山さんにはこういう女性が似合う」って感心してしまったほどだ。

あんな素晴らしい女性がいるのに、どうしてこんなこと……

そこまで私を騙《だま》したかった？

市場マーケティングと称してプレママ座談会に行ったとき、青山さんが妊婦さんのことにすごく詳しかったのは、奥さんが妊娠していたからなんだね。そうじゃなきゃ、男性であそこまで詳しいなんておかしいものね。

「あーあ。またこんなことになっちゃった。そうだよね、そうだよね……」

こんな冴えない私と、誰が本気で付き合おうと思うっていうの？

引く手あまたな青山さんがわざわざ私を選ぶ理由なんてないじゃない。

そんなこと分かっていたはずなのに、一緒に時間を過ごすうちにほだされて、甘くて酷い罠にはまってしまっていた。

それにしてもどうしてこんなことをしようと思ったんだろう？

私、青山さんに何か恨まれるようなことをした？

いろいろ思い返すけれど、心当たりしかなくて困ってしまう。

いつも悪態ばかりついていたし、皆が青山さんを慕っている中、私だけが避け続けていた。

二年前は酔った勢いで迷惑をかけたし、その後逃げ帰るわ、連絡を無視し続けるわ、彼氏ができたと嘘をつくわで、最低すぎる。

その恨み？

告白だってしてくれたのに、全く話を聞こうとせずシャットアウトしていたし、失礼な女だと怒らせてしまったのかもしれない。だからこんなことを……

「やだなー、もう」

目からボロボロと涙が落ちる。

涙腺が壊れたみたいに次から次へとこぼれてしまって、手では拭《ぬぐ》いきれない。手もスカートも涙で濡れる。

これが夢だったらいいのに。悪い夢を見ていたんだって思いたい。そう願いながら子どものようにワンワンと泣いた。こんなに泣くなんて、いつぶりだろう。

土砂降りの雨のような涙は、朝まで止まることはなかった。

8

——翌日。

もう消えてなくなりたいと思っていたはずなのに、しっかり私は存在していて爽《さわ》やかな朝を迎えている。

昨夜はあれから泣き通して、そのまま眠っていた。

朝になっていることに気が付いて鏡を見たら、マスカラのカスが頬にたくさんついていて酷い有様になっている。

目は浮腫《むく》んでパンパンだし、落とし忘れたファンデーションは涙でストライプ柄《がら》になっているし、とても見られた顔じゃない。

美容研究家という肩書きを持つ人気のオカマさんが、「化粧を落とさずに寝るのは、顔にウンコを塗って寝ているのと同じだ」とテレビで言っていたことを思い出す。私は失恋した上にウンコパックをしてしまったのかと散々な状況に笑えてきた。

それでもどうにか気を取り直してお風呂に入ることにする。湯船にゆっくり浸《つ》かると、心なしか元気になった。

お風呂上がり、タオルを頭に巻いたままリビングに出る。弟の慶が出社の準備をしながら話しかけてきた。

「あれ？　今日休み？」

「そう｜。今日からリフレッシュ休暇なの」

「へぇ……。ってか、なんだろ。今日一段とブスに見える」

「うるさいな」

これだけ泣きはらした目をしていたら、ブスにもなるだろうよ。そこはあえてスルーしてよ。

それより、今日から六日間も休暇だ。この落ち込んでいるどん底の状況でどう過ごそう。

こんな大失恋したんだから、ベタに髪の毛でも切ってみる？

でも肩につくかどうかのセミロングなのに、これ以上切ったらショートカットになってしまう。

昔、カリスマ的に人気だったモデルがショートヘアにしたとき、それに感化されて真似したことがあった。でも丸顔の私がショートヘアにしたらお団子みたいで全く似合ってなくて、切ったことを激しく後悔したのを覚えている。

同じ過《あやま》ちを繰り返してはいけないと髪を切るのはやめた。

もう少し落ち着いたほうがいいと、冷蔵庫からアイスティーを取り出してコップに注ぐ。

そういえば青山さんのマンションに行ったとき、ルイボスティーを振る舞ってもらったっけ。ルイボスティーなんて変わったものを飲んでいるなとは思ったけれど、奥さんが妊娠しているなら納得だ。

ルイボスティーってノンカフェイン飲料だから、マタニティに人気の飲み物なのだ。貰い物だと言っていたけれど、あれは奥さんのものだったのだろう。

そもそも、どうして私なんかに執着してくるんだろうって、ずっと不思議に思っていた。

どこにでもいるような平凡な私に、そこまでこだわる必要があるのかと。

今まで疑問に思っていたが、今回のことで腑《ふ》に落ちた。

私のことを騙《だま》そうと思っていたのなら、こんなふうに執着していたことにも納得できる。

それにしてもやりすぎじゃない？

いくら酔った勢いで迷惑をかけた上、避け続けたからって、ここまで根に持って仕返しすることなくない？

あんな素敵な奥さんがいるというのに、リスクを負いすぎでしょ。わざわざ自宅以外にマンションをもう一つ借りて二重生活を送るなんて、手の込みようがハンパない。

最近芸能界では不倫ブームらしいけど、流行《はや》りに乗ることなんてないよ。青山さん、軽すぎる！

いくら仕事ができて、イケメンで、素敵な男性でも私は許したくない。

不倫か……。知らなかったとはいえ、まさか自分が不倫に手を染めてしまう日が来るなんて。

不倫から結婚を連想して、はっと気が付いた。

そうだ、私、結婚相手を探していたんだった。

今年の誕生日が来たら、二十八歳になる。できれば子どもが欲しい。人並みの幸せが欲しくて結婚相談所に登録したのじゃないか。

青山さんとのことがあって忘れていた。

こんなふうに悪い男に騙《だま》されている場合じゃないし、落ち込んでいる暇はない。

「そうだ、結婚しよう！」

「おい、お前、情緒大丈夫か？」

「大丈夫！」

ダイニングテーブルでパンをかじっていた慶に不審がられながら、私はリビングを出て自分の部屋に駆け込む。

青山さんに仕掛けられた罠から目を覚ました私は、結婚相談所LOVENTへ行く支度を始めた。

＊＊＊＊＊

こんなド平日にアポなしで突撃したものだから、LOVENTの担当さんはとても驚いていた。しかし快く面談室へ通してくれる。

申し訳なく思いつつ、出された紅茶をいただいた。

「今日はお休みなんですね」

「はい、リフレッシュ休暇中で……」

「まぁ、いい会社ですね」

担当さんの言う通り、ラブベビチルドレンは積極的に休暇を取らせてくれるし、男性でも育児休暇を貰える優良企業だ。友人の勧める会社の話を聞くと、多くの会社では有給休暇などはあってないようなものだし、かといって休みを買い取ってくれるわけでもないらしい。

長期休暇を取りたいと言ったら周囲に白い目を向けられることが多い中、うちの会社は本当に素晴らしい。

人間関係も良好だし、上司にだって恵まれているし――

上司……。青山さん。

上司というワードで青山さんを思い出し、また地の底まで落ち込む。

「田中さん？」

「あ、はい！」

「大丈夫ですか？　急にものすごく暗い表情になられていましたけど」

「大丈夫です、大丈夫です」

だめだ、青山さんのことは考えないでおこう。思い出したら魂が抜けるほど落ち込んでしまう。

急いで笑顔を取り戻して、担当さんに視線を向けた。

「今日はいかがされましたか？」

「えっと……。新しいお相手を紹介していただきたくて」

「え？」

担当さんには青山さんとお付き合いすることになったと報告していた。彼とうまくいっていると思われているに違いない。

それなのに一転、最悪の結末を迎えた私たち。

辛いけれど、これが現実だ。受け止めて前に進まなければ。

青山さんがとんでもない悪い男だったということは伏せておこうと思う。私自身、この出来事を他人に話せるほどダメージから回復できていない。なので、説明はざっくりとする。

「いや、青山さんは私とは性格が合わないと思いまして。もっと中身重視で男性を選びたいなって」

「……そうでしたか……」

私、ちゃんと笑えているかな？　担当さんに心配かけまいと笑顔で話しているつもりだけど、頬が引きつる。笑うって、こんな感じだったっけ。

「どんな人でもいいです。嘘をつかなくて、優しい人なら――」

それを切に願う。

次に恋をするなら今度こそ嘘をつかない人がいい。私を騙《だま》さず、ちゃんと向き合ってくれる人で。

「分かりました。お探しします」

「お願いします」

担当さんは深く追及することなく、私の希望を聞いて再び結婚相手を探し始めてくれた。

＊＊＊＊

金曜。あれから青山さんとは連絡をとっていない。

電話やメールが来ているけれど一切返信をせず、スルーを決め込んでいた。

本当はちゃんと向き合って、「どうしてこんなことをしたの？」と聞けばいいのかもしれない。もしかしたら何か深い理由や誤解があるのかもしれないし——

……いや、そんなはずはない。

あれはまぎれもなく奥さんと青山さんだったのだ。

自分の都合のいいように解釈してはいけない。

何度も何度も、そのことを思い返して、彼からの連絡を無視し続けていた。

胸が弾むほど楽しみにしていた連休だったのに、始まってみたら全然楽しくないことばかりだ。

結婚相談所の担当さんはあのあと新しい相手を何人かピックアップしてくれ、めぼしい人を絞ると、さっそく顔合わせまでセッティングしてくれた。

会ってくれた相手は四十三歳の飲食店を営《いとな》んでいる男性。

ややふっくらされていて優しそうな笑顔の写真に惹かれた。趣味は漫画を読むこと、と自己紹介に書いてあり、インドア派らしい。バツイチで前妻との間に子どもがいるらしいけれど、そんなところは大した問題じゃなかった。現在結婚していてこれから子どもが生まれてくるという男性よりは幾分マシだ。

そう思って会ってみたのだけれど、たった今、担当さんから電話がきて、その男性からのお断りの返事があったことを告げられた。正直、落胆している。

昨日は極度の緊張のせいでうまく会話ができず、全くと言っていいほど盛り上がらなかった。そして気まずい沈黙が続いたまま、一時間の顔合わせが終了したのが原因だ。

もっとも盛り上がらなかったとはいえ、少しはコミュニケーションを試《こころ》みたつもりだ……ただ、お相手の方はお酒を飲む女性が苦手だと言っていたから、酔いつぶれるまで飲んで上司と一晩過ごすような私は結局だめだったかも。

それにカフェめぐりが好きな私とは正反対で、外食するのがあまり好きじゃないらしい。普段飲食店ということで接客ばかりしているので、休みの日は静かに自宅で過ごしたいのだとか。

私としては珍しくて美味《おい》しいものを食べたり美しいインテリアに癒《いや》されたりしたいので、その辺りも全く合わなかった。

もう一度会うべきかどうか悩んでいたところに、先方から断られるという……

『でも次がありますから！　もし一対一で会うのが気が乗らないということであれば、来週末にパーティも開催されます。それから……』

担当さんは気を落とさないでください、といろいろな提案をしてくれた。

もしかして私って、結婚不適合者？　っていうか、恋愛すらうまくいっていないのに、いきなり結婚を望むからこれは当然の結果なのかな？

まさかこんなにも恋愛も結婚も難しいなんて。したいと思ったからすぐできるわけじゃないんだな……

これからどうしよう……。結婚もできない。好きになった人には騙《だま》されるし、何もいいことがない。

「はぁ……。なんだか頭が痛くなってきた」

断られたショックからか、頭痛がするし悪寒もする。何もヤル気が出なくて、ゴロゴロしている間に気が付けば夕方になっていた。

なんだろう、すごく体調が悪い……

そう思って部屋から出ると、母の部屋の扉が開いている。けれど、中に彼女の姿が見えない。いつも自宅で仕事をしているのにおかしいな、と思っていると、リビングのカレンダーに「出版社の創立記念パーティ」と書かれていた。

「あ……そっか。お父さんとホテルに泊まってくるって言ってたっけ」

パーティには母一人で参加するのだけど、そのまま父とホテルの一室に泊まるそうだ。

「仲いいなぁ」

父と母は今年で結婚二十七年。未だにすごく仲がよくて見ているこっちが恥ずかしくなってくるくらいだ。特に父がベタ惚れみたいで、母にべったり。

授かり婚で結婚してすぐに私が生まれたから、二人の時間を楽しめなかったぶん、今になって楽しんでいるみたい。羨《うらや》ましい。

そういえば慶は仕事の飲み会で遅くなるって言っていた。っていうか、慶こそ彼女とか家に連れてきたことないけど、大丈夫なのかな。姉の私が言うのもナンだけど、見た目はそこまで悪くないと思う。ただ青山さんと比べると劣るっていう話なだけで。

けどなー、女の子に対して優しくなさそうなんだよね。昔からそうなんだけど、近所の可愛い女の子のこと好きだったのに、いつもイジワルして泣かせていたし……。ツンデレのデレがないやつ。

ああ、それただのツンツンか。今でもそうなのかな？　それじゃあモテないよなー。

実はうちら姉弟って、残念な二人？　ああー、なんだか悲しくなってきちゃった。

「くしゃん！」

ゾクゾクゾク。

「へっくしゅん」

再び悪寒が走って、くしゃみが出始めた。

「やだ……。もしかして風邪かな？」

こういう連休のときに限って風邪をひきがちなんだよね。そう思いながら、体温計を出して脇に挟む。

「……げ。三十八度」

完全に風邪をひいてしまった。こんなときに家族がいないなんて、最悪だ……

「風邪薬、あったかな？」

薬箱を覗いてみると、箱はあったものの中身は全て飲み切られていた。

「くそぉ、絶対、慶の仕業だー」

慶に、飲み会の帰りに風邪薬買って帰ってきてとメールをし、私は再び自室に戻って横になった。

——寒い。体の節々が痛い。鼻先まで布団を被っているのに、体がカタカタと震えている。

あー、これ、熱が上がりきっていないから、こうなるんだ。

二十七年も生きていると、自分の熱の出る感覚が分かるようになってくる。すごく寒くなったあと、ぐんと熱が上がるんだよね。

しんどいな……。辛い。

早く誰か家に帰ってこないかな……。一人は寂しい。

「琴美……大丈夫？」

ああ、聞き覚えのある声がする。この声……すごく好きなんだ。この声で名前を呼ばれると、胸が弾んで嬉しくなる。

でも、どうして聞こえてくるんだろう？

「ん……」

「ごめん、起こしちゃった？」

「え？」

うっすらと目を開けると、ぼやける視界に男性の姿が見えた。じっとよく見てみると、青山さんが私の顔を見つめている。

「青山さん!?」

どうして私の部屋にいるの？　何これ!?

驚きのあまり、勢いよく起き上がる。

「急に起き上がったらだめだ。熱があるんだろ？」

「そんなことより、どうしてここに？　ここ、私の部屋ですよ!?」

「勝手に入ってごめん。慶くんから鍵を預かって、入らせてもらったんだ」

「慶から……？」

どうやら慶は早く帰ることができず、機転をきかせて風邪薬を届けるよう青山さんに頼んだらしい。

私たちが恋人同士だったらありがたいことなのかもしれないけれど、そうじゃないから。

青山さんも、奥さんがいるのに、どうして悪びれもなくこんなところに来るの？　信じられない。

「とりあえず、薬と飲み物と食べ物をいくつか買ってきた。それから……」

「あの！」

「え……？」

「こういうの、迷惑なんで、帰ってもらえませんか？」

「琴美？」

「なんで来るんですか？　どうして……」

弟が頼んだこととはいえ、常識的に考えて断ってよ。

奥さんに見つかったらどうするのだろう。これ以上奥さんを悲しませるようなことをしないで、私を失望させないでほしい。

どうせなら、私の好きな青山さんのままでいてほしかった。奥さんを大事にする男性であってほしい。それがせめてもの願いだ。

「急に連絡がとれなくなって心配していたんだ。全然返信がないから……体調が悪いって知っていたら、すぐにでも来たのにどうして何も――」

「早く帰ってください」

「琴美……？」

「早く！」

「ごめん……」

話を遮《さえぎ》って声を荒らげる私に驚いて悲しい表情を浮かべた青山さんは、すぐに立ち上がった。

「本当にごめん。お大事に」

ゆっくりと静かに扉が閉められる。私は俯《うつむ》いて奥歯を噛み締めていた。

最低……。ほんと、最低だ……

もう二度と会いたくないほど彼のことを嫌だと思っていたはずなのに、会ったらこんなにも胸をトキメかせているなんて。

そんな私が最低だ。

もう忘れなければいけないのに、こんなにも強く好きだと思ってる。

ふと、ベッドサイドテーブルに置かれている一人用の土鍋に気が付いた。そっと蓋を開いてみると、美味《おい》しそうな卵粥《たまごがゆ》が作ってあった。

これ……わざわざ作ってくれたのかな……

ベッドの下に置かれているスーパーの袋には、たくさんのスポーツドリンクと薬や熱さまし用のシートなどが入っている。

どうしてこんなふうに優しくするの？

優しいけれど、こんなの優しさじゃない。彼のしていることはとてもひどいと思うのに、憎み切れない。

私のことを裏切っているはずなのに、全然いい人じゃないって分かっているのに。

まだ青山さんが好きだ……

「ふ……っ、ふぇ……っ」

今まで一生懸命強く振る舞っていた反動で、止められないほど涙が溢れていく。もう泣かないって決めていたのに……

泣きながら寝て、とにかく寝て。嫌なことを忘れるように、ずっと眠り続けた。

＊＊＊＊

昨夜は最高四十度近くまで発熱していたにもかかわらず、今朝はすっきりとした目覚めだった。昨日の熱が嘘のように下がって、すっかり元気になっている。

慶はまだ帰ってきていない。飲み会のままどこかに泊まりに行ったのだろう。

――まさか、会社の女の人と酔った勢いで変なことをしたんじゃないでしょうね？　姉は心配だよ、弟よ……

まぁ、慶は男だし、私とは立場が違うから大丈夫かな。

さて。休暇も残すところ二日。

次に出社したときには、退職願を出そうと思う。

奥さんにバレていないとはいえ、既婚者と関係を持ってしまったことは大罪だ。その相手とこれからも同じ会社で顔を合わせて仕事をしていくなんてできない。

青山さんはラブベビチルドレンにとってなくてはならない人だけど、私の代わりならいくらでもいる。いなくなっても問題ない、去るべき人間は私だ。

青山さんも私も、決して許されないことをしたのは同じだが、社会的制裁を受けるのは私一人でいい。

彼には家庭がある。奥さんやこれから生まれてくる赤ちゃんの幸せを奪ってはいけない。

好きな人と、好きな仕事と、両方から離れなければいけない悲しみで心が暗くなった。

会社の人たちの顔を思い浮かべて、センチメンタルになっていると、ふと鮫島くんの言葉が頭を過《よぎ》る。

——たまには、ぱーっと旅行でも行けばいいのに。

旅行か。何も計画なんてしていなかったけれど、あと二日間お休みだから、一泊二日で旅行ができる。

「……行こうかな」

いいかもしれない。これこそ傷心旅行ってやつだ。このやり場のない悲しみを救ってくれるのは旅行かも。

そう思い立った私は、仲のよい友人に急いで電話をかけた。

『もしもし』

「おはよう！　ねえ、京都に行こう！」

『……は？』

弾んだ声で誘ってみたものの、電話越しに聞こえてきたのは、冷ややかな友人の声だ。

『どうしたの、突然？　朝っぱらから電話してきて、新幹線のＣＭみたいなこと言わないでよ』

「お願い、傷心旅行に付き合って！」

最近起こったことを力説して、一緒に旅行に行ってほしいのだと懇願する。

『あんた、今日何曜日だか分かってる？』

「え……？　土曜日、かな」

『仕事だよ、仕事。私は美容師よ。定休は月曜日だって言ってたでしょ？』

そうだった、と項垂《うなだ》れる。どれだけ説得しても、仕事なら行けるはずがない。

「そうだよね……朝からごめん」

『また今度、前もって予定合わせて行こう？』

優しく宥《なだ》められた私は電話を切った。

どうしよう……。このまま家にいても一人で時間を持て余して、ぐるぐると嫌なことばかり考えてしまいそうだ。

鮫島くんが言っていたみたいに一人で行こうかな。

この勢いのままならできる気がする。

行き先は、京都がいい。行きたかった場所、見たかった場所に行ってみよう。誰にも気を遣わず、思いのままに。

そう決めた私は、急いで支度をして家を飛び出した。

9

我ながら凄い。私って行動力のあるタイプじゃなかったのに、今回の失恋によって変わってしまったみたい。

家を出発してから数時間後、「ちょっとそこまで行ってくる」くらいの荷物で京都に到着していた。

まずは一番行きたかった清水寺《きよみずでら》に向かい、本堂の舞台から景色を眺める。秋なら紅葉なんだろうけど、まだ早いみたいで木々は青々としていた。その先に遠くの京都タワーが見える。

「うわぁ……綺麗」

素晴らしい景色を写真に収めてSNSにアップする。マメな性格じゃないし、あまり自分の近況を報告したりしないのだけど、珍しい一人旅行なので記念に、ということで載せてみた。

するとSNSを見たという鮫島くんからメールが届く。

『一人旅したんだ？』

『うん。ちょっと傷心で……』

『傷心？　青山さんと何かあった？』

『もうだめかもしれない』

『なんで？　うまくいっていたんじゃないの？』

『いろいろあってね。また今度話すよ』

『今からどこに行くの？』

『これから祇園と嵐山《あらしやま》に行くつもり』

しばらくの間メールをしていたけれど、返信が来なくなってしまった。

今日は休日だものね。彼女といるのかもしれないのに長々とメールしてしまって悪かったな、と反省しながら顔を上げる。

ふと周りを見ると、修学旅行生や観光の人たちに交ざって、仲睦《なかむつ》まじいカップルがたくさんいて絶望的な気持ちになる。

――いいなぁ、羨《うらや》ましい。

青山さんのことを思い出して悲しくなり、深いため息をつく。清水の舞台から飛び降りるという言葉の通り、ここから飛び降りようか。

いやいや、そんなことをしに京都に来たわけじゃない。あのカップルたちよりも満喫すべく、次の目的地へ行こう！

次は八坂《やさか》神社。祇園商店街という情緒溢れる通りを歩いて、格子戸の続く家並みなどの京都ならではの雰囲気を楽しんだ。

そして祇園界隈にある老舗《しにせ》宇治茶の喫茶店に入り、宇治抹茶パフェを食べる。はんなりとした雰囲気の店内で一息ついたあと、再び外へ出て四条大橋から鴨川を眺めた。

さらさらと流れる川を見つめて、ふと青山さんのことを思い出す。

『鴨川沿いの床《ゆか》に何度も行ったよ、もちろん祇園にも。さすがに舞妓遊びはしていないけれど、本物の舞妓さんとすれ違ったときは嬉しかったな』

関西に転勤になって、よく京都に行ったと言っていたっけ。青山さんもこの景色を見ていたのかな。

でも、どうしてだろう？

もしかしてあの奥さん、京都の女の人だったりして。京都の女の人ってだけで格が高そうで全く勝ち目がない……

京都弁って可愛いもんな。「蒼汰さん、好きどすえ」とか言うのかなーっ。くそ、可愛いぞ。私なんて標準語だから普通だ。

がくっと肩を落としながらも、青山さんの顔を思い浮かべて思考を巡らせる。

彼と一緒に来たかったな。青山さんの好きなものを教えてもらったり、行ったことのある場所に連れていってもらったりしたかった。

川の近くの土手を見ると、そこにも仲よさそうな男女が座っているのが見える。鴨川沿いはカップルがたくさんいるって雑誌で見たことがあったけど、あれって本当だったんだ。

いいな、あのカップル。

あの二人はどちらから好きになって、どんなふうに告白して恋人になったのだろう。付き合ってどのくらい経っているのかな。

不安になったりしないのかな。私みたいに、どうして自分なんかを好きになってくれたんだろうって疑ったり、怪しいと思って恋人のあとをつけて他の女の人と一緒にいるところを目撃したりしたことあるかな。

そんな最悪なことがあったのに、その人のことをまだ好きで、諦めきれなくて、あれは嘘だったんじゃないかなって願っていて……

こういう場合、どうすればいいのか誰か教えてほしい。

はぁ、と深いため息をついて、私と青山さんの始まりを思い出す。

二年前、青山さんに告白されたとき、絶対嘘だって決めつけて相手にしなかったけれど、あのときから嘘だったのかな？　それとも本気だった？

でもあのときは、別にそこまで嫌われる理由なんてなかったはずだよね、きっと。嫌われるなら、そのあとな気がする。

じゃあもし仮に本気だったとして、あのときの告白を受けていたら、私は青山さんの本命の彼女になれていたのかな。

そうしたら、青山さんの隣にいるのは、あの女性ではなく私だったのかもしれない。

産婦人科から一緒に出てくる女性は自分だったかも——なんて考えてしまう。

こんなたらればばかり考えていても仕方ないって分かっているけれど、幸せそうに青山さんの隣を歩くあの女性が心底羨《うらや》ましかった。

以前、結婚相談所の担当さんが言っていた言葉を思い出す。

『こうしてチャンスが来たときに掴んでおかないと、後悔することになりますよ。もし会ってみて、嫌なら断ればいいことです。時間を置いてしまったことで、他の方とうまくいってしまわれたら、次はないかもしれないんですよ』

正《まさ》しくそれだ。

あのときチャンスを掴んでいれば、こんなふうに憎まれて騙《だま》されることはなかったかもしれない。後悔してもしきれないよ……

あれからずっと無視し続けているけれど、青山さんからは相変わらずメールが何件も届いている。もう風邪は大丈夫か？　とか、昨日はごめん、とか。

慶から頼まれて訪ねてきてくれたのに、理由も話さず怒って悪いことをしてしまった。たとえ奥さんがいたとしても、心配してくれたことに変わりはないのに。

どうして私は、いつもこうなのだろう。

青山さんはちゃんと向き合おうとしてくれていた可能性もあるのに、何も聞かず逃げ回ってばかり。

この前の奥さんらしき人と歩いていたことだって、本当に既婚者なのか、あれはどういうことなのか、きちんと説明してもらうべきだ。

そして私に執着していた本当の理由を聞かなければ。彼を怒らせるようなことをしていて謝るべきことがあるなら、しっかり謝罪しなければならない。

それに彼の口から結婚しているのだと打ち明けられたなら、さすがにきっぱり諦められるはずだ。

真実を受け止める勇気を出さなくちゃ。

その上で、今まではぐらかしてばかりだったけれど、青山さんのことが好きだと伝えよう。もう遅いことは知っていても、言わずに後悔するよりちゃんと伝えて後悔するほうがいい。

そこから何かが始まるわけではないものの、気持ちにけじめをつけよう。

弱い自分から変わらないといけない。このままじゃ、いつまでも魅力的な女性にはなれない。きっと誰からも本気で好かれないまま生きていくことになる。

こんな自分から変わらなきゃ。

「頑張れ、琴美」

自分にそう言い聞かせて、私は顔を上げて歩き出した。

あとはどうしても行きたかった嵐山に向かい、渡月橋《とげつきょう》の近くにあるお土産《みやげ》物屋さんで買い物を済ませて帰ることにした。

京都に日帰り旅行って、なかなかの弾丸ツアーだよね。泊まっていくつもりだったけど、青山さんとちゃんと話し合いをするために今日は帰ろうと思う。

会社が始まる前に、きちんと気持ちの整理をしておきたい。

嵯峨《さが》嵐山《あらしやま》駅に到着して京都行きの電車を待っていると、ホームにいる子ども連れの家族が視界に入った。お父さん、お母さん、それから五歳くらいの女の子に、ベビーカーに乗っている一歳未満くらいの赤ちゃん。

その赤ちゃんが乗っているベビーカーを見て、ラブベビチルドレンのベビーカーだということにすぐ気が付いた。

あれは、私が入社したてのころに発売になったファンシーという商品名のベビーカーだ。今は生産中止になってしまったのだけど、可愛いデザインが人気の商品だった。

品質管理部に入ったばかりだった私は、先輩にこの製品のチェックについて毎日教えてもらって、一生懸命、細部まで確認したものだ。

そんな思い出深いベビーカーを見て嬉しくなる。お姉ちゃんにゆらゆらと前後に揺らしてもらって、赤ちゃんはすやすやと眠っている。

あのお姉ちゃんも、このベビーカーに乗って大きくなったのかな？

今眠っている赤ちゃんが健《すこ》やかに大きくなれますように、と微笑ましく見つめていると、またしても会社の皆のことを思い出した。

私……とてもラブベビチルドレンが好きだ。

本当は辞めたくないくらい好き。皆、子どもやママたちに喜んでもらえるよう、一生懸命研究して、少しでもいいものを提供できるようにと頑張っている。

そんな皆とだから、今まで頑張ってこられたし、やり甲斐を感じていた。

製品チェックが厳しすぎると工場に言われて落ち込んだことも、お客さんからのクレームにヘコんだこともあった。

だけど、ラブベビチルドレンの製品を使って喜んでいる子どもたちや家族を見ると、この仕事をしていて本当によかったと思える。

青山さんとちゃんと話し合ったら退職するつもりだけど、最後の最後まできちんと勤めよう。後悔しないよう、精一杯やりきろう。

ラブベビチルドレンから胸を張って卒業するのだ……

そんなことを考えながら、少し涙ぐんでしまっていた。こんな駅のホームで泣くなんてだめだ。誰にも気が付かれないように、手で涙を拭《ぬぐ》って顔を上げると、向かいのホームに電車が到着したようだった。

もうすぐ京都行きの電車が来るころだ。電光掲示板に載っている時間はあと少し。

東京に帰ったら青山さんと会って、それから――

「琴美！」

向かいの電車が発車して、ホームが見えたのと同時に大きな声で名前を呼ばれた。

一瞬何が起きているのか分からず、向かいのホームにいる男性を見て、幻なんじゃないかと茫然とする。

「青……山さん……？」

どうしてここに？

私を見つけた彼はこちらのホームに向かうためだろう、エレベーターを駆け上がっていく。

嘘……。どうして？　信じられない。

こんなことってあるの？

一体何が起きているのかと動揺していると、電車の到着を告げるアナウンスが流れ始めた。遠くからホームへ入ってくる電車の音がする。

私の目の前にいた家族のお父さんとお母さんが目を離した隙に、女の子がベビーカーを押しながら電車を見ようと歩き出した。黄色い線を越えてどんどんと進み、ベビーカーのタイヤがホームから落ちそうになる。

「あ……っ」

「だめ！　危ない！」

このままじゃ、落ちる！

私はベビーカーを掴もうと、咄嗟《とっさ》に走り出した。

こんなの絶対にだめ！　助けなきゃ!!

電車のライトが強く光る。

絶対、助ける！

ステップ部分を掴み、車体をホームに戻す。赤ちゃんも落下することなく無事でよかったと思ったけれど、私の体はバランスを崩し線路へ落ちそうになった。

目の前に電車が来ている。

もうだめだ、と目を瞑《つむ》った。

耳が痛くなるほどの大きな警鐘が聞こえた。

「……琴美、琴美！」

え……？

「琴美、大丈夫か⁉」

名前を呼ばれて、ゆっくりと瞼《まぶた》を開く。

「琴美！」

私は青山さんに抱き寄せられ、ホームに倒れ込んでいた。電車も通常通り停車し、下車する人たちが私たちを避けて通り過ぎていく。

「青山さん……」

「よかった！」

「無事……だったんですね」

「ああ。心臓が止まるかと思った。無事で本当によかった」

青山さんの手が震えている。ぎゅっと強く抱き締められて、心配をかけてしまったことを申し訳なく思った。

乗客たちをかき分けて、女の子の両親が私のもとへ駆け寄ってくる。

「すみません！　大丈夫ですか⁉」

「はい。それより、お嬢さんと赤ちゃんは大丈夫でしたか？」

「はい、あなたのおかげで無事でした。本当にありがとうございます」

「よかった」

「本当に……本当にありがとうございます！　すみませんでした」

「いえいえ、いいんです」

お姉ちゃんも赤ちゃんも無事でよかった……

乗客がいなくなったホームで女の子と目が合う。立ち尽くしている女の子は、私を見つめてボロボロと涙をこぼし始めた。

「ごめんなさい……ごめんなさい……」

「いいんだよ。無事だったら、それで」

「お姉さん、ありがとう……」

泣きじゃくる女の子の傍《そば》に寄って、頭を撫でる。

赤ちゃんもこの子も、私も無事でよかった。

ホッと一息ついたあと、やっと私の背後にいる人物に対して意識が向いた。

「……それより、青山さんはどうしてここにいるんですか？」

それよ、それ。どうしてここに青山さんがいるの？

ここは京都だ。東京で再会するならまだしも、どうしてこんな離れた土地で会えたのだろうと不思議に思う。

それに……私たち、こんなふうに会ってはいけない間柄《あいだがら》なのに。

「鮫島くんから聞いた」

「鮫島くん……？」

今日は休日だし、鮫島くんと一緒にいるなんてことはないはずなのに、どうして？

「鮫島くんと……そこまで親しいんですか……？」

もしかして鮫島くんも青山さんとグルだったとか？　何これ、何これ！

一体どういうことなの？

実は敵は一番近い存在の人だったみたいな、ミステリー小説のような展開？　なんかすごく怖いのだけど……

「その件も含めて、ちゃんと話し合おう」

「………はい」

何もかも本当のことを聞くのは怖い。でももう逃げないって決めたから、向き合わないと……

ここでは話せないから、場所を変えようということになる。けれど、騒ぎに気が付いた駅員さんが来て、事の経緯を聴取されることになった。

それから私たちが解放されたのは、夜の八時を過ぎた頃だった。

10

京都駅直結の高級ホテルに入ると、すでに青山さんがチェックインを済ませているようで、上階の部屋に案内された。

「あの……ここは？」

「宿泊する予定のホテル」

「泊まるんですか？」

「一応そのつもり。さ、座って」

「はい」

泊まるんだ……。もしかして奥さんと一緒に来ているとかじゃないよね？

そう心配しながら部屋を見回すけれど、他の人がいる気配はない。

部屋の中にあるテーブルに促《うなが》され、お互いに顔を見つめた。窓からは京都タワーが見えていて、ろうそく型のタワーはライトアップされ美しく輝いている。

「琴美は……どうして京都にいたんだ？」

「旅行です。……青山さんは？」

「君を追いかけてきた」

「……嘘ですよね？」

「嘘じゃない」

他意があったのではないかと疑ってしまう。わざわざここまで追いかけてくるなんて普通なら考えられない。

「どうして旅行に？　本当に一人だったのか？　本当は誰かと一緒じゃないのか？　友達？　それとも男――」

「いいえ、一人です」

「一人？　なぜ？　どうして俺を誘ってくれなかったんだ？」

「ええ？　だって、青山さんは行けないでしょう？」

「行けるよ。俺だってリフレッシュ休暇が残っているから、取ろうと思えば取れる。琴美が合わせていいっていうなら、同じ時期に取ったのに」

そうじゃない。青山さんには奥さんがいて、妊娠されていて。私と不倫旅行なんてしている場合じゃないでしょ？

「青山さんとは行けないです」

「どうして？　最近、俺を避けるのはなぜ？　俺、何かした？　鮫島くんに俺たちがもうだめだと言ったのは、どうしてだ？　それから結婚相談所に別れたと言ったのも？」

青山さんは、いろいろと知っているみたいだ。鮫島くんに話したことも、結婚相談所で担当さんに新しい人を紹介してほしいと頼んだことも。

「理由をちゃんと話してほしい。話し合いさえもせずに避けられるなんて嫌だ。琴美の思っていることを全て聞かせてほしい。全部分かりたいんだ」

「どうしてって――。青山さん、結婚しているんですよね？」

「結婚？」

「しらばっくれないでください。私、見たの。青山さんが女の人と産婦人科から出てくるところ」

青山さんは絶句して、私の顔を見つめたまま固まってしまった。

「隠さないでください。本当のことを教えて。私のこと騙《だま》していたんですよね？」

「えっと……待って。ちょっと混乱してる。ええと……琴美が思っていることをまず全部話してくれないか？」

どうしてそんなことを言うの？

そう言いたくなったけれど、ぐっと呑み込む。

ここで逃げたり隠したりしてはだめだ。ちゃんと話し合おうって決めたじゃない。後悔しないためにも、本音で全て話そう。

「今週の月曜日、たまたま青山さんを見かけました。産婦人科から妊婦さんと出てきて、一緒にドラッグストアに行って、おむつを買っていましたよね？　それから一軒家に入っていくところまで見てしまいました」

あとをつけるような真似をしたことを謝罪するため、私は青山さんに頭を下げた。

「いつから結婚していたんですか？　どうして結婚しているのに、婚活パーティに参加していたんですか？　それからどうして私に好きだと言ったんですか？　私のこと騙《だま》したいと思うくらい、嫌いだったんですか？」

そこまでするくらい私のことが憎いの？

二年前に迷惑をかけたことで、そんなに怒らせてしまったの？　それともそれ以外のことで嫌われていたのか、ちゃんと教えてほしい。

「青山さんのこと信じていたのに……悲しかった」

泣くつもりなんてなかったのに、いろいろな感情が湧き上がってきて、涙がこぼれてしまう。

ぐすぐすと鼻をすすりながら、流れる涙を手で拭《ぬぐ》った。

「もしかしてここ最近、俺に冷たかったのって、それが原因？」

「はい」

「よかった――」

よかった!?　一体何がいいっていうの！

青山さんは安堵《あんど》の表情を浮かべて、椅子の背にもたれ大きく息を吐いた。

「いろいろとごめん。まさか見られていたなんて全く思わなかったから……。もっとちゃんと話しておくべきだった」

ごめん――

謝られてしまって、心が痛んだ。私の想像していた状況だったのだと落胆する。

予想はしていたけれど、現実にそうだったと突き付けられるとやっぱり耐え切れない。すごく辛くて、信じたくなくて、涙が止まらなくなってしまった。

「琴美、そんなに泣かないで」

「そ……んなの……っ、ふ……無理……」

心がボロボロになるくらい傷ついているから、簡単には涙が止まらない。いつも人を好きになったら悲しい思いばかりして嫌になる。

こんな想いをするくらいなら好きにならなければよかったと思うのに、まだ青山さんのことがすごく好きでどうしようもないの。

肩を震わせて泣いていると、青山さんは椅子に座る私のもとにやってくる。そして跪《ひざまず》いて顔を覗き込んできた。

「あの人、俺の兄の奥さんなんだ」

「……え？」

「あの日、義姉《あね》に、前駆陣痛《ぜんくじんつう》か本陣痛か分からないけどお腹が痛くなってきたから一緒について来てほしいって言われたんだ。たまたま兄が出張でいない日で、母も出かけていたんで俺しか動けなくて」

「義姉《あね》……」

「そう。結局陣痛が遠のいてしまったみたいで、一時実家に帰宅したんだ。母がすぐに帰ってきてくれたから俺は自宅に戻った。……で、そのあと、陣痛がまた来たみたいで次の日に生まれたんだ。三〇六〇グラムの可愛い女の子だって」

ドラッグストアに寄っていたのは、出産間近なのにおむつをまだ買っていなかった義姉《あね》のために一緒に買いにいっただけだそうだ。

嘘……。うそうそ！　だって、すごく仲よさそうに歩いていたじゃない。義理の姉弟という感じには見えなかった。

また騙《だま》そうとしてる？　言いくるめて、もっと傷つけてやろうって魂胆じゃ……

「まだ信じていないみたいだな」

「だって……」

私は超がつくくらい心配性で、慎重な性格なの。臆病だし、自信がないし、簡単には信用できないよ。

伏し目がちにテーブルを見つめていると、青山さんはバッグから数枚の書類を取り出した。

「これでどう？」

「こ、これは……？」

「俺の戸籍。今日ここに来る前に取ってきた」

目の前に差し出されたのは、青山さんの戸籍謄本だった。そこには彼の名前と本籍、両親の名前が記載されている。

「ここに婚姻の欄があると思うんだけど、結婚していたら、ここに女性の名前があるはずだよね」

確かに青山さんの言う通り、そこには何も記載がない。

「何も書いてありませんね……」

「信用した？」

「…………コレ、本物ですか？」

「あのね」

「ですよね、すみません」

じゃあ青山さんの言う通り、あの女性はお兄さんの奥さんだったの？　戸籍にも、青山さんは次男と書いてあって、お兄さんがいることも証明された。

「疑ってすみませんでした。でも、どうして戸籍なんか……」

「琴美が結婚したがっているって慶くんから聞いたんだ。だからすぐにでも入籍できるように持ってきたんだけど」

「へ？」

一体どこからそんな話が!?　と記憶を遡《さかのぼ》ってみたら、連休初日に『そうだ、結婚しよう！』と慶の前で口走っていたことを思い出した。

慶は青山さんを私の彼氏だと思っているので、私が青山さんからプロポーズを受けたのだと勘違いしたようだ。

私たちを祝福すべく、青山さんに「結婚、おめでとうございます。ふつつかな姉をよろしくお願いします」と言ったらしい。

慶の話を聞いて、もしかして私が結婚を断られると悩んでいるんじゃないかと考えた青山さんは、戸籍と婚姻届を持って京都まではるばるやってきたというわけ。

「はい、これ婚姻届。俺のほうは全部記入しておいた。これでもまだ信用ならない？」

「いや、あの……その……」

えええ〜っ!?

なんだか思っていたのとは違う方向に話が進みだしたので、驚いて涙が引っ込んでしまう。

ちょっと一旦冷静になろう。

え、えーと……。私が想像していたみたいなことは全然なくて、もしかして一人で暴走して、ちゃんと私のことを想ってくれていた青山さんに失礼なことをしまくっていた……ってオチ!?

「あの……」

「琴美、結婚って、俺とするんだよね？」

「えっと、えっと……」

ちょっと待って、頭がこんがらがっていて、どう返事していいか分からないよ！

「琴美、こっち見て」

パニックを起こして焦《あせ》っていると、跪《ひざまず》いている青山さんに手を握られた。真剣な眼差《まなざ》しで私を見つめている姿に目を奪われる。

「俺はずっと琴美だけが好きだ。全てを擲《なげう》ってでも君が欲しい」

「青山さん……」

「どうやったら琴美に好かれるんだろうっていつも思ってる。こんなにも琴美だけを想っているのに、どうして伝わらないんだろう」

「そんな……」

伝わっていないわけじゃない。私に全く自信がないから疑ってばかりいるだけ。

青山さんは何も悪くないのに、いつも逃げて酷いことをし続けている。

なのに、いつも私にまっすぐぶつかってきてくれる。こんな素敵な男性が私のことを好きになってくれているなんて、夢みたいで信じられないの。

「どうして私なんですか？」

「え？」

「私は、本当に平凡な、どこにでもいる地味な女じゃないですか。青山さんレベルの人だったら、もっと素敵な人と恋愛するはずです。私なんかを好きになる理由が見当たりません」

私じゃなくてもいいはずだよ。もっと頭がよくて、綺麗で、心も優しくて、全てにおいてパーフェクトな人と付き合っていそうだもの。

「それ、聞き捨てならないな」

「え……？」

「私なんかって何？　何度も言っているけれど、俺は琴美じゃないと嫌なんだ。琴美以上の女性はいない。そうじゃなきゃ二年以上も片想いしないだろう」

片想い？　二年以上も……？

青山さんは私のことをずっと想ってくれていたってこと？

「どこから話そうか。それとももっと違う方法で分からせてあげたほうがいいのか……。鈍感すぎて琴美は本当に手がかかる。……それがすごく可愛いんだけど」

また可愛いの使用方法を間違っている——と言おうとした瞬間、青山さんは立ち上がって私の手を引いた。

「あの……っ」

彼に導かれるまま、部屋の中心にあるキングサイズのベッドに向かい合うように腰かけた。

「これからいろいろ話す前に、聞きたいことがある」

「はい……」

「琴美は俺のことをどう思ってる?」

急に核心に迫られて、胸が大きく跳ねた。

ちゃんと言わなきゃ。わざわざ私のためにここまで来てくれた青山さんに想いを伝えなければ。

もう何も迷うことはない。誤解も解けたし、問題は全てクリアになったのだから。

「あの、その……」

でも自分の気持ちを伝えるのは、緊張する……!

手に汗を握り、きゅっと目を瞑《つむ》る。バクバクと激しくなる鼓動を感じながら、私はゆっくりと言葉にしていった。

「私は……青山さんのことが……好き……です」

「本当?」

「……本当です」

「俺に流されてそう言っているだけじゃない？」

「いいえ、ちゃんと好きだと思っています」

いつも予防線をはって、好きにならないようにセーブしていたつもりだったけど、きっと初めて出会ったときから惹かれていた。

自信がなくて素直じゃないから認めずにきたものの、ずっとずっと好きだった。

やっと聞けた、と青山さんは心から喜んで、泣きそうな顔で私を熱く見つめる。

こんな青山さんは初めて見た。私が好きだと言っただけで、ここまで喜んでくれるんだ……

「無理に言わせてごめん。琴美から言ってくれるまで待とうって思っていた。男なら大きく構えていようと。でもだめだ……。君のことになると冷静でいられなくなる」

「そうなんですか……？」

「ああ。さっきだって、急にホームに飛び出したりして、本当に心配したんだからな。琴美がいなくなったら、俺は生きていられない」

そんな大げさな……と思ったけれど、逆だったらどうだろう。

もし目の前で事故にでも遭われて大けがされたらと思うと胸が苦しい。青山さんがいないなんて想像しただけでも泣きそうになる。

「心配かけてごめんなさい」

「うん。今ここに琴美がいてくれているからいい」

ぎゅっと抱き締められて、頭を撫でられる。大きくて温かい手で包まれて、私は幸せを噛み締めた。

「……俺がラブベビチルドレンに来たときのことを覚えてる？」

「え？」

「四年前の春。琴美はまだ入社して一年くらいの新人だったよね？」

社会人になって一年が過ぎた春、青山さんはうちの会社に入社してきた。

若くて格好よくてすごく爽《さわ》やかで、一目見た瞬間「ああ、私とは住む世界の違う人だな」と感じたのを覚えている。

けれど彼のことは自然と目に入ってきていた。会社の中に新しい風を吹かせてくれて、いるだけで活気づいて、皆の注目の的だったから。

「実は入社初日、最初に出会った社員が琴美だった。ビルのエレベーターで一緒になって、中まで案内してくれたんだ」

「そ、そうだったの？」

「今日からお世話になりますって挨拶をしたら、琴美はなんて言ったと思う？」

「ええ……？　なんだろう？」

そんなこと覚えていない。思い出せないほど何気ない言葉だったのだろう。

「こちらこそお願いします。今日から一緒に頑張りましょうね。って、すっごく可愛い笑顔で言ってくれたんだ」

そんな些細《ささい》な会話を覚えているの⁉

その笑顔に一目ぼれしたって言うのだから、なんの冗談かと思う。けれど、目の前の青山さんは当時のことを感慨深く思い出している様子。

本気なの……？

「視力……大丈夫ですか？」

「失礼な。彼氏に向かってなんてことを言うんだ」

「だって……」

でもそれだけじゃない、と話は続く。

「朝一番から出社してせっせと掃除をして、皆が嫌がるような雑用を率先してやっているし、かと言ってそれをひけらかすわけでもない。与えられた仕事はきっちりとこなして、礼儀正しい。仕事に対して真摯《しんし》に向き合っているし、妥協していない。そんなところを知って、ますます好きになっていった」

「そうなんですか？」

「そう。挙げたらキリがないんだけど、あとはテンパってるときなんか分かりやすくて見ていて飽きないし、会話の切り返しが面白いところなんかも好きだ」

「買いかぶりすぎですよ」

「そんなことない」

私の好きなところをたくさん並べられて、そうだったんだと感心してしまった。自分では何気なくしていた言動が、青山さんの心を擽《くすぐ》っていたなんて信じられない。

「なのに俺のことを避けまくるし、全く目を見てくれない。他の男には普通なのに俺だけ。いつも傷ついていたし、諦めたほうがいいのかと思ったときもあったけれど、絶対に琴美に好きになってもらいたくて強行手段に出ることにした」

本社から関西への異動が決まったとき、それは遂行《すいこう》された。

「それがあの飲み会だったんですね」

「そう。ごめんね、いっぱい飲ませて……。あれは完全に俺の策略」

さすが青山さん。不屈の精神、鋼《はがね》のメンタルを持っている。あれは仕組まれたことだったのか、と今更驚く。

「でも結局、一晩過ごすことには成功したものの告白したのに玉砕するし、結婚しようと思っている人がいる――なんて言われて、かなりヘコんだ」

「す、すみません……」

だって！　あのときは、まさか青山さんの言っていることが本当だとは思わなかった。万が一にもそんなことはないと、全く信じていなかった。

「関西に行ってから、かなりキツかった。自分でも驚くくらいショックを受けてた」

青山さんはあのときから、本気で私を想ってくれていたんだ……。だったらすごく悪いことをしてしまった。

連絡は無視しまくるし、嘘はつくし、最低だよね……

過去の自分の悪行に気まずくなって、思わず肩を落とす。

「もうさすがに無理かと思ったけれど、鮫島くんがアドバイスをくれたんだ。琴美が結婚相談所に登録するから、もしまだ好きならすぐに登録するようにと。ちょうど本社に戻ることも決まっていたし、これが最後のチャンスだと思って全力で君を追いかけた。絶対諦めたくなかったし、他の男に取られたくなかったから」

「そうだったんですか……」

鮫島くんがここまでキーパーソンだったとは思わなかった。結婚相談所に登録するようにと勧めてくれたのは彼だったけれど、同時に青山さんにまで勧めていたなんて。

「入社してすぐに琴美が同期の鮫島くんとヤケに親しいのが気になって、釘を刺しておいたんだ。それから協力してもらう約束をして……」

鮫島くん――！

「俺は琴美じゃなきゃ、満足できない。琴美しかいらない。今までも、この先もずっと」

驚いている間に青山さんの顔が近づいてきて、唇がそっと重なった。

「ん……んん……」

話の途中だったのに舌を絡ませるようなキスをされ、ベッドに優しく押し倒される。そして彼の大きな手が私の髪をかき上げた。

「琴美、好きだ。どうしても琴美がいい。それくらい好きだから、心配なんていらないよ」

「あ……っ、あん……！」

首筋に口付けられ、強く吸われる。甘い疼《うず》きがそこから広がって、体中が熱くなっていった。

「どうしてそんなに不安に思うんだ？　言葉でも行動でも愛情を示しているつもりなのに、まだ足りないんだよな？　理由を教えて」

前々から聞かれていたことだけど、いつもはぐらかして言っていなかった。これからはちゃんとなんでも話そうと決めたから打ち明けよう。私たちの間に嘘や隠しごとはいらない。お互いの気持ちを見せ合いたい。

「理由はね……青山さんが格好いいから……なの」

「え？」

「ほら……私、前に騙《だま》された経験しかないから、イケメンのことは好きになっちゃいけないって自分に言い聞かせていて——」

青山さんは私の顔を見つめ、固まってしまった。

「格好、いいから……？」

「そう！　格好いい青山さんのことを本気で好きになってしまったら、痛い目を見るんじゃないかって思って怖かったんです。青山さんは周りの女の子からすごく人気だし、そんな人が私のことを好きになってくれるなんて信じられなくて……」

こんなことを言ったらバカにされるんじゃないかと照れながら目を逸らす。

「はぁ……。どこまで可愛いんだ。困ったな」

「ええ……？」

「本当、たまらない。どれだけ惚れさせる気だ」

そんなつもりは全くないんですけど――と言う前に、唇を奪われる。そして息ができないほどの激しいキスをされ、舌を絡められた。

「ぁ……はぁ……っ、ん……」

「俺のこと、格好いいって思ってくれてるんだ？」

「んっ、んん……んう……」

とても嬉しそうな声がする。そして唇や頬にじゃれつくようなキスをされ、体中をまさぐられた。擽《くすぐ》ったいような気持ちいいような感覚に身を捩《よじ》る。

「どの辺りが格好いいって思ってくれてるの？」

「ぁ……ンっ、ぁ」

そう質問してくるのに、キスをしながら胸を触ったり太ももを撫でたりするから、息が乱れてうまく話せない。

「ごめん、柄《がら》にもなく嬉しくて舞い上がってる。ねぇ、教えて？」

「ふ、ぁ……っ、見た目も、性格も、完璧で……ぜ……んぶ、格好いい……」

そう答えると、ぎゅーっと強く抱き締められた。はしゃぐ子どものように喜んで、顔を私の胸にぐりぐりと押し付けてくる。

「嬉しい。琴美にそう言ってもらえるなんて」

「大げさですよ。会社の皆もそう思っていますす」

「会社の奴らにどう思われようが関係ない。琴美だけにそう思われていたい」

彼の言葉を聞いて、心から嬉しいと感じた。

今までは何を言われても疑っていたけれど、今はちゃんと素直に喜べる。

「でもさ……。そんなふうに思ってくれていて嬉しいけど、あまり過剰に期待しないでほしい。俺はそんなに完璧な男じゃないし、独占欲が強くて、しつこいくらい諦めが悪くて、ガキっぽい……かも。だからこれから一緒にいるうちにがっかりさせてしまうかもしれない」

「私だって完璧じゃないですよ。青山さんにがっかりされてしまうかもしれないって、いつも心配してます」

こんなことを考えているのは私だけかと思っていたけれど、お互い同じように嫌われたくないって心配していたなんて。

「俺はどんな琴美でも嫌いになんかならない」

「私だって。青山さんのことなら、どんなことでも全部受け入れる。だから心配しないで」

「琴美……！」

今まで青山さんは、私を振り向かせるために一生懸命やってきた。けれど、しつこい男と思われていないだろうか、とか、いろいろと手を回していたことが明るみになったとき、嫌われてしまうのではないかと思っていたらしい。

そんなこと全然思わないよ。むしろ嬉しい。

こんなふうにしてもらっていなかったら、臆病な私は、いつまでも青山さんの胸に飛び込めなかったと思う。

嬉しそうに微笑んだ青山さんは、私を抱き締めて再びキスをした。

こうやって想いをちゃんと伝えて、やっと本当に恋人になった気がする。胸の中にあった不安は全てなくなり、目の前に愛《いと》しい人がいることに幸せを感じた。

「じゃあ、改めて。正式に恋人になったから、また名前で呼んでくれる？」

「はい……蒼汰さん」

「欲を言えば、呼び捨てがいいな」

「ええ……？」

またそんなハードルを上げてーっ。

あわわわ、とテンパっていると、ちゅっとキスをされる。

「琴美」

「うう……。そ、蒼汰……」

人生初の呼び捨てに恥ずかしさのあまり、ぼんっと顔が熱くなる。

「もしかして、初めてだった？」

「もちろんです……。恥ずかしい……。やっぱり、さん付けさせて。恥ずかしくて呼べないよ」

「可愛いなぁ、もう」

蒼汰か……。そんなふうに彼のことを呼べるのは、特別な存在だからだよね。恥ずかしいけれど、すごく嬉しい。いつか慣れたら、そう呼びたい。

何度も心の中で彼の名前を呼んでいると、蒼汰さんは私の顔を見つめてにっこりと微笑んだ。

「琴美は、俺のこと全部受け止めてくれるんだよね？」

「うん……？」

そうは言ったものの、どうしてそこを復唱したのかと不思議に思っていると、蒼汰さんが私の服を捲《まく》り始めた。

「……あっ、ぁん！」

「嬉しいな。俺の全部曝《さら》け出しても、好きでいてくれるんだよね？」

「そ……だけど、どうして、そんな、こと……？」

わざわざ聞き返してくることに、なぜか不安に思う。何か重大な隠しごとでもあるのですか？

そう聞きたくなる。

「とりあえず、脱ごうか」

「ええ……？」

トップスを脱がされ、ブラジャーを手早く抜かれる。そしてボトムのファスナーを下ろされた。

「蒼汰さん……っ!?」

「俺も脱ぐから安心して」

驚いているのは、そこじゃないんですけど！

あっという間に二人とも裸になってしまった。薄暗いとはいえ、ルームライトがついている状態では、鮮明にお互いの裸が見えてしまう。

「あの……恥ずかしいから……電気、消して……」

「だめ。琴美の全部が見たいから消さない」

「ええっ？」

「琴美、お願い」

全部受け止めるって口にしてしまった手前、何も言えなくなる。照れながら見上げると、蒼汰さんが熱っぽい眼差《まなざ》しで私を見ていた。熱く燃えるような彼の瞳に釘付けになる。

「すごく綺麗だよ」

「あんまり見ないで……。恥ずかしい」

体を縮こまらせて両手で胸を隠していると、そっと手首を掴まれてベッドに縫い付けるように押さえ込まれた。

「あ……！」

「何も隠さないでって言っただろ？　全部見せて」

「ん、んん――」

ピンと張り詰めた胸の先を唇で捕らえられ、ぬるついた舌先で転がされる。くにくにと弄《いじ》られるたびに喘《あえ》ぎ声が出そうになって必死に堪えた。

「声……我慢しないで」

「や、……ん、でも……っ。ぁ、ああっ」

柔らかく舐められていたのに急に吸い上げられて、大きく体が揺れる。甘い疼《うず》きがお腹の奥から湧き上がってきてジンジンした。

「琴美のここ、美味《おい》しい。硬くなってきた」

「ああ……っ、だめぇ……」

ちゅ、ちゅっと音をたてながら舐めしゃぶられて、快感が色濃くなっていく。あまりの気持ちよさに私が抵抗しなくなったことを確認した彼は、そっと手首を解放した。

「あ……！」

蒼汰さんの大きな手のひらが両胸を大胆に揉みしだいて、濡れた頂《いただき》を指で摘まんだり、指の腹で撫でたり弄《もてあそ》ぶ。

「ぁ、……やぁ……だめ……っ」

「琴美のその顔……すごくそそる。いやらしいな」

「そ、んな……こと……。あ、ぁんっ、ぁ……」

五指が食い込むくらいに胸を揉みながら、彼は私の太ももに熱くなった下半身を押し付けてきた。何もつけていない彼のそこは、すでに硬く反り立っている。

「琴美……俺のことも触ってほしい」

吐息まじりの声でそんなことを囁《ささや》かれて、言葉だけで感じてしまった。

触れたい。蒼汰さんが私の体に触れてくるみたいに、私も蒼汰さんの体に触れてみたい。

要求に応えるため、静かに頷いて、そーっと手を伸ばして彼の腕に触れてみた。筋肉質の逞《たくま》しい腕。これが男の人の体なのだと感じながら、そっと撫でていく。

「……っ、はぁ……」

お互いの体を撫で合って、二人で高まっていく。滑らかな肌の感触は、すごく心地よくてずっと触れていたくなる。

首筋や胸板、それから脇腹。締まった体に触れていると、彼の手は私の脚を割って、秘めた部分へ進んでいた。

「……あんっ！」

ぐちゅ、といやらしい音が鳴り、そこがとても潤《うるお》っているのだと思い知る。

「すごく濡れてる。興奮してる？」

「ぁ……っ、うん……怖いくらい、ドキドキしてる。変かな……？」

「ううん。俺もいつも以上に興奮してるから一緒だ。ほら、もっと触って」

自分がされたみたいに、彼の胸の尖りを指の腹で撫でてみた。すると蒼汰さんの体がビクンと揺れて感じてくれているような反応が返ってきた。

「これ……気持ちいい？」

「……っ、気持ちいいよ。琴美にそんなことをされると、ヤバいな」

少し困ったような表情を見られて嬉しくなる。気持ちよくなってくれていることに喜んで、彼の胸元に顔を埋《うず》めた。

「琴美？」

「ん……」

指で触れていた場所に舌を這《は》わせて、ちゅっと吸ってみる。呼吸を乱れさせている蒼汰さんは、私の頭を優しく撫でた。

「こら……そんなに煽《あお》るんじゃない」

「だって……気持ちよくなってほしいから。喜んでほしいの」

「ああ、もう」

その顔――

困ったようなその表情がすごく好き。その顔をもっとたくさん見たい。

かなり恥ずかしいけれど、蒼汰さんが喜んでくれることは全てしたい。その顔が見られるなら、もっとしたい。

蜜口に添えられていた彼の指がゆっくりと動き出し、媚肉を撫でられる。そして蕾を見つけると、いじわるにそこばかり責められてしまった。

「あ、ああっ……ぁ、ああん……」

「どうしたの？　口が動いてないよ」

「ぁ……っ、それ……気持ち、いい……から、ぁ……っ」

「俺に喜んでほしいんでしょ？　だったら、もっと頑張って舐めて」

でもそんなに激しく弄《いじ》られていたら、舐められないよ。快感に包まれて何もできなくなってしまう。私ができなくなるって分かっていてこんなことをしているんだ、いじわる――

「あ……ぅ……んう……っ。あ、ぁ……」

あまりの気持ちよさに、彼の胸元に顔を寄せて喘《あえ》ぎ続けることしかできなくなってしまった。

「仕方ないな。じゃあ、こっちを触ってくれる？」

手首を掴まれて導かれた先は、彼の反り立つ屹立《きつりつ》だ。

「ひゃ……っ」

男性のそんなところに触れるなんて初めてだった。私の手は太くて逞《たくま》しいものを握って、どうしていいか分からず固まってしまう。

「あ、あの……。これって……どうすれば……」

「こうして」

「ああっ」

私の手に蒼汰さんの手が覆いかぶさってきて、大胆にそれを上下に擦《こす》らされる。生々しい感覚に驚いて声を上げてしまった。

「琴美に触ってもらって、すごく気持ちいいよ」

「……うん」

「好きだよ」

誰にも見せない場所を二人だけで見せて触れ合う。特別な行為をしているのだと感じて、いつも以上に興奮している。

ってていうか、恥ずかしい！　でも、気持ちいい。どうしよう、すごくいやらしいことをしている気分だよーっ。

「琴美もいっぱい気持ちよくしてあげる」

「……あんっ、待っ、――」

ぬるついた場所に、指が埋め込まれていく。とても濡れているせいでスムーズに彼の指を受け入れ、中はきゅうきゅうとそれを締め付けて悦《よろこ》んだ。

「あぁ……あ、ああっ、ぁん……！」

「すごく熱くて、とろけそう。気持ちいい？」

「気持ち……いい、蒼汰さん……っ、あぁ……」

もっと中をかき回してほしい、そんな淫《みだ》らな欲求が湧き上がり、腰を揺らしてしまう。いつの間にこんないやらしいことを考えるようになったのだろう。

「どうしたの？　腰が揺れているけど」

「あぁ……っ、う……ぁ……」

「もしかしてこれじゃあ、物足りない？」

ゆるゆると内壁を擦《こす》られているのも気持ちいい。でももっと気持ちいいことを教えられたそこは、もっと激しくしてほしいと訴えかけてくる。

そんなこと言えないので口ごもっていたからか、いじわるな笑みを浮かべた蒼汰さんが、私の顔を覗き込んできた。

「あ！」

彼の質問に答えられずにいると、指を引き抜かれてしまう。

「ちゃんと答えてくれないから、抜いちゃった。ねぇ、どうしてほしいか言って」

「そんな……」

熱くなった秘部は喪失感で震えている。こんな状態では辛くなるほど、欲して疼《うず》いている。

「俺のものを扱《しご》きながら、どうしてほしいかおねだりして」

「ううーっ」

なんだか要求がエスカレートしているんですけど!?

困惑していると、照れで体がさらに熱くなってきた。

「赤くなって可愛い。ねぇ、お願い。俺のどんなことでも全部受け入れてくれるんだよね？」

――青山さんのことなら、どんなことでも全部受け入れる。

つい先程、そうは言ったけれども！　こういうエッチな要求をされるなんて想定外だったー！

前言撤回したいけれど、そうはさせてくれない雰囲気。嬉しそうに待っている蒼汰さんを見ていると、おねだりせざるを得ない気がしてくる。

「蒼汰さんのいじわる」

「俺は琴美の言うことなら、なんでも聞くよ。ね、どうしてほしいか言って。琴美のしてほしいことを、たくさんしてあげるから」

「え、っと……その……」

「手。休んじゃだめだろ」

ひーん！　オニ、悪魔ーっ。

私の彼氏は鬼畜でした、と気が付いたときにはもう遅い――

彼から望まれた通り、彼のものを手に握り上下に動かしながら口を開いた。

「指……で、その……」

「指で、何？」

「うう……っ、もう……ゃだ……」

「恥ずかしがらないで。ほら、指でどうしてほしいの？　こう？」

離れていた彼の手が再び私の秘部へ近づいて、蜜の溢れた媚肉をゆっくりとなぞる。

「ああ……っ。ぅ……。そ……じゃ、なくて……えっと、中を……」

「こう？」

「ああっ――」

私の中に彼は中指を埋めた。長くて太い指が入ると、きゅううっと膣が締まる。

「すごい締め付け。これでいいの？　これがいいの？」

「ちが……っ、もっ、と……中……を、激しく……」

「こう？」

「ひゃぁ……っ、ああ！　ああん」

指の腹で媚壁を擦《こす》られて、眩暈《めまい》を起こすほどの快感が全身に広がった。すぐにでも達してしまいそうで、泣きそうになる。

「あんっ、ああ……だめ……ああ！」

「だめなの？　じゃあ、やめる？」

「やだ、いや……っ、やめないで、ああっ、もっと、して――」

「いいよ。琴美のこと、気持ちよくしてあげる」

望んだ通りの激しい指戯《しぎ》をされて理性が崩れて頭が真っ白になっていく。

「あ……あぁ！　すご……っ、あ、ぁ……あああっ！」

奥からこみ上げてきたものを解放すると、私はそのまま絶頂へと駆け上がった。

「はぁ……はぁ……」

全身がジンジンと痺《しび》れて動けない。甘怠《あまだる》い感覚に襲われぼんやりと天井を見つめていると、蒼汰さんの姿が視界に入ってきた。

「大丈夫？」

「……はい」

今までのエッチも十分気持ちよかったけれど、今日は格別な気がする。気持ちが通じ合って、安心しているせいか、いつもより感じてしまった。

達したばかりの体に優しく触れられる。指先の動きを追っていると、また体が敏感に反応し始めた。

「……ン、はぁ……。蒼汰さん、待って……まだ、私……」

息も整えきれていない状態で、そんなふうに触れられたら変になってしまいそう。もう少し落ち着いてから続きを始めたいのだと言おうとするけれど、聞く耳を持っていない彼は下半身へ顔を近づかせていた。

「ひゃん……っ」

脚を割られ、中心部に顔を埋《うず》められる。とろけきったその場所に舌を這《は》わされて、どうしようもなく溢れた蜜を舐めすすられる。

「だめ……っ、そんなとこ、舐めちゃ……ヤだ……ぁ」

シャワーを浴びたあとならまだしも、今日は入っていないのに！

体をバタつかせたものの、強く腰を掴まれて奥まで舌を挿入されてしまった。

「あ！　あぁ……っ、あっ、ああ……蒼汰さん……！」

「琴美の匂いがする。すごく興奮する」

やだやだとかぶりを振ってもやめてもらえない。興奮しているらしい蒼汰さんは息を荒らげて激しく蜜口に濃厚なキスを繰り返す。

とてつもなく恥ずかしいけれど、好きな人を感じさせたいという気持ちは分かる。だったら私にもさせてほしい。

一緒に気持ちよくなりたいし、互いに愛し合いたい。

「蒼汰、さん……。私も……」

「ん？」

「私にもさせて……。私だけしてもらっているなんて嫌だよ」

こんなことを言われると思っていなかったようで、驚いて愛撫を止めた蒼汰さんは、茫然として私の顔を見つめている。

「でも……」

「お願い。うまくできるか自信ない……けど」

「いいの？」

「うん」

「じゃあ、こっちに来て」

蒼汰さんに導かれて、私は彼の体に跨《また》がった。私の下半身が彼の顔のほうに向き、彼の下半身が私の目の前にある。

逃げだしたいほど恥ずかしいけれど、それ以上に愛したいという気持ちのほうが強くて、目の前の彼自身を見つめて、そっと唇を寄せた。

「……っ」

膨れ上がった彼に軽く唇を寄せると、ピクンと揺れる。その仕草が可愛くて、これも彼の一部なんだなと愛《いと》おしく感じた。

こんな感じでいいのかな、と何度もキスをしていると、私の尻肉を掴んで広げた彼は容赦なく舐め始めた。

「ああ！　ああん……」

指を抽送《ちゅうそう》しながら舌をぐるりと押し付けるように舐められ、極上の快感に溺れていく。気を抜くと愛撫できなくなってしまうので、必死に堪えて話しかけた。

「あ、あぁ、はぁっ……蒼汰さん……。どうやったら気持ちいいの……？　教えて」

「いいよ。それだけで十分だから」

「だめ。ちゃんと、私にもさせて」

「……分かった」

口元に鈴口を当てられて、ぐっと押し込むように腰を浮かされる。

――このまま口の中に含む、ということ？

口を開いて彼を迎え入れると、大きな屹立《きつりつ》が中へ入ってきた。

「ん……んう……」

苦しいほど膨らんだそれは、喉の奥まで入り込んでくる。口の中に満たされた彼の存在に翻弄《ほんろう》されている間に、ゆっくりと引き抜かれた。

「歯を立てないようにしながら、吸い上げてみて」

「……ん」

言われた通りに彼の腰の動きに合わせて吸い上げてみる。蒼汰さんの屹立《きつりつ》は大きいから大変だ。

苦しいながらも舌を使いながら吸い上げていると、蒼汰さんの呼吸が乱れ始めた。

「……ふ、ぁ……。く……」

もしかして感じてくれている？　こんな拙《つたな》い愛撫でも喜んでくれているのかな？

なんだかすごく嬉しい。一生懸命愛撫して好きな人が喜んでくれるのって、とても心が満たされる。

もっともっと気持ちよくしてあげたい。いつも蒼汰さんが私にしてくれているように。

「琴美……ありがとう。もういいよ」

そう言われているのに、手を緩《ゆる》めず口淫を続ける。

「もう――。知らないからな」

言うことを聞かずに続ける私に怒ったのか、蒼汰さんは私の花芯に吸い付き、蜜口に指を挿入し始めた。

「んぅ……ン、んん……、ん……」

屹立《きつりつ》を頬張りながらも喘《あえ》ぎ声が漏れる。お互いに大事な場所を夢中で舐め合って高まっていく。頭はジンジンと痺《しび》れ、口元からは涎《よだれ》が垂れる。ハイな気分になって恥ずかしさが消え、目の前にある快感だけを追って昇りつめていった。

「ん、んん……！」

もっと咥《くわ》えていたいのに、もう限界――

蒼汰さんから与えられる愉悦に呑み込まれて、ついに口を離してしまった。

「や、あん！　も……ダメェ……！」

そして目の前が霞《かす》む。ビクビクッと腰が引きつって、私はまた絶頂を迎えてしまった。

私……どうなったのだろう……？

弛緩《しかん》して、蒼汰さんの体にぐったりともたれかかっている。そして目の前には立派なアレがあって……

「ごめんなさい……」

「え？」

「蒼汰さんを気持ちよくさせたかったのに、私ばかり気持ちよくしてもらって……」

経験の差だから仕方ないのだろうけど、すごく残念に思う。もっと上手にしてあげたかった。

がっくりと肩を落としていると、体勢を変えられてベッドの上に押し倒された。

「いいんだよ。そんなこと気にしなくて」

「でも……」

「俺は琴美のナカでイキたいから」

色っぽい声でそんなことを囁《ささや》かれて、私の胸は壊れそうなほどドキドキし始めた。お腹の辺りがキュンとして、早く来てほしいって言っているみたいに蠢《うごめ》く。

「琴美、好きだよ」

「うん……私も」

「俺と結婚してくれる？」

結婚、と聞いて、ますます胸が高鳴る。

愛《いと》しい人から結婚まで申し込まれるなんて、一生分の運を使い果たしたんじゃないかって不安になるほどだ。

いつものくせですぐに余計な心配をしてしまうけど、蒼汰さんのことを信じている。

心から好きになった蒼汰さんと、これからもずっと一緒にいたい。

「はい」

「もう絶対離さない。好きだ」

蒼汰さんは私にキスをしながら、そっと腰を落とした。

「あ……あぁ……っ」

彼のものが、ゆっくりと私の中に入ってくる。愛《いと》しい彼の存在を感じて、あまりの快感に涙がこぼれた。

「そ……たさん……っ、あ、ああっ……すご……い、あんっ、ああ」

「琴美がいない生活なんて考えられない。琴美も俺がいないとだめなくらい、好きになって」

私を揺さぶりながら、熱く見つめてくる蒼汰さん。ギシギシとベッドのスプリングが鳴って、二人の繋がっている場所が燃えるように熱くなる。

「も……なってる……から、ぁ……っ」

「ほんと？」

「うん……！　蒼汰さんとずっと一緒にいたい」

蒼汰さんが結婚しているかもしれないと思ったとき、絶望で埋め尽くされた。蒼汰さんのことがどれほど好きか思い知って辛くて悲しかった。もうあんな思いしたくない。

私も蒼汰さんがいない生活なんて考えらえない。もうすでにどうしようもないほど好きになってしまっている。

数えきれないほど好きだと言い合って、抱き締め合う。二人の体の境目が分からなくなるほど密着して繋がった場所を揺さぶられる。

浅くゆるく動かされて彼に馴染《なじ》み始めた頃、二人のリズムが少しずつ激しくなっていった。

「あっ、ああ……っ、ん、ぁ……」

蒼汰さんが奥に来るたび、気持ちよくておかしくなってしまいそう。ぎゅっと締め付けると彼の存在を感じて、全身が戦慄《わなな》いた。

「こら……そんなに締め付けたらすぐにイッてしまうだろ」

「だって……すごく、気持ちいい……から。あ、ああっ」

「は……っ」

中にいる彼がひとまわり膨らんだのが分かった。蒼汰さんも、限界が近いみたい。

私の腰を強く引き寄せ、最奥までねじ込んで、激しく蜜壁を擦《こす》り上げた。

「琴美、出すよ」

「あ、ああ――」

荒々しく乱され、私は彼の腕を掴む。嵐のように激しい衝動に包まれていく。

最奥に何度も彼が口付けをして、ぐりぐりと押し付けられたのと同時に、熱い飛沫《ひまつ》が中に注がれた。

「っ、あ――」

下腹部が痙攣《けいれん》して腰が大きく揺れ、私も蒼汰さんと同時に達してしまった。

それから一度も抜かず、再び膨れ上がった彼は、体位を変える。側臥位《そくがい》で背後から抱き締められながら突かれ、めくるめく快感に溺れた。

「も……だめ……っ、あぁ、ああんっ」

背後から激しく突かれ、花芯を弄《いじ》られている。腰が砕けてしまいそうなほどの衝撃は強い快感を生んで、何度も意識が飛びそうになった。

「またイクの？　ほら、奥までいっぱい入ってるよ」

「ああっ、あああ――」

膣がひくついて、また絶頂を迎えてしまった。もう何度目だろう……

私たちが繋がってから、どのくらいの時間が経ったのか分からない。もうこれ以上愛されたら壊れてしまいそうだと思うのに、蒼汰さんは何度も繋がって愛し続ける。

「まだだよ。琴美にたっぷり愛してるってことを教えてあげなきゃいけないからね」

「も……分かった、から……。私……もう……」

「だめ。琴美は心配性だろ？　ちゃんと安心するまで、教えてあげないと」

蒼汰さんは体勢を変えて正常位に戻ると、大人の色気たっぷりの笑顔を振りまいてきた。キラキラとした爽《さわ》やかなスマイルなのに、その表情を見て私は少し怯《おび》える。

絶対まだまだやめる気ないよね……っ⁉　もう私、限界――

私の愛液でベタベタになった場所に、今度は素のままの屹立《きつりつ》を埋めると、蒼汰さんは淫猥《いんわい》な音をたてながら中をかき回し始めた。

「あ、ぁ、ああっ……！」

もう掠《かす》れて、喘《あえ》ぎ声が出なくなってきている。全身が疲弊して力が入らず、だらんとしているのに、ぐっと引き寄せて腰を打ち付けられた。

ぐりぐりと腰をグラインドさせて根本までみっちりと挿入させると、蒼汰さんは「はぁ」と甘いため息をつく。

「何度シても興奮する。大好きな琴美と繋がれて幸せだよ」

「も……だめ、壊れ、ちゃう……っ」

「壊れるまでいっぱい愛してあげる。好きだよ」

蒼汰さんの引き締まった腰が、ズンズンと断続的に私を穿《うが》つ。そのたびに声にならない声が漏れて息が上がった。

「あっ、ああっ……ン、また……、またイッちゃいそ……だ、からぁ……っ」

私がそう啼《な》くと、蒼汰さんは追い詰めるように動きを速めていく。

「すごいよ、中が、気持ちいい……」

「あ、あ……。ぁ……んっ」

「は、……っ、出すよ。琴美、全部……受け止めて」

「だめ……赤ちゃん、できちゃう……っ」

いつもちゃんと避妊してくれていたのに、今は避妊していない。あまり経験がないとはいえ、こういうことをするとどうなるかくらいは知っている。

結婚の約束もしたし、中途半端な付き合いをするつもりはないけれど、もし万が一デキちゃってから蒼汰さんの気持ちが変わったらと不安が過《よぎ》った。

「俺は、琴美との赤ちゃんが欲しい」

「え……？」

「琴美とならいいって、本気で思ってる」

「蒼汰さん……」

「嫌だった？」

蒼汰さんの言葉にふるふると頭を振る。

「ううん……私も。蒼汰さんとの子ども……欲しい」

ベビー用品メーカーで働いているくらいだから、いつか子どもが欲しいと思っている。もちろん愛する人との子ども。

蒼汰さんとなら、デキてもいい。

「けど、でも、まだ早くない……？」

「こういうのは授かりものだから。すぐにデキたならそれはそれでいいし、デキなくても全く構わないと思ってる。早いとか遅いとかはない」

「そう……なの？」

「うん。だから全部受け止めて」

何度出しても強度の変わらない屹立《きつりつ》が、私の中で暴れ出す。彼は蜜壁を擦《こす》りながら高みに昇りつめ始めた。

「あ、ぁ……っ、蒼汰さん……」

「琴美、愛してる。……も、出る――」

私の中で彼が震える。何も出なくなるまで絞り出し、彼はやっと体を解放した。

もう、だめ……

十分すぎるほどに愛されたあと、私はそのまま意識を放り投げて、夢の中へ落ちていった。

エピローグ

「田中さん、コレどういうこと？」

連休明け、京都のお土産《みやげ》を片手に出社すると、女性社員たちが『ベビすぐ！』という雑誌のとある一ページを開いて目の前に差し出してきた。

「……どう、いうこと……でしょう……？」

背中に流れる嫌な汗を感じながら、この状況をどうしようかと目を泳がせる。

目の前の雑誌にはプレママ座談会のレポートが掲載されていた。そこに私と蒼汰さんが参加している様子がバッチリ写されている。

「二人はどういう関係なの？」

鬼気迫る様子で押し迫られて逃げ場を失っていると、背後から蒼汰さんが雑誌をひょいと取り上げた。

「あー。まいっちゃったな。こんなにバッチリ写ってしまって」

「あ、青山さん……！」

困った、というよりはなんか喜んでいませんか？

なんとか言ってくださいよ、と見上げて目配せをする。このままじゃ、私たちの関係がバレてしまう。

詰め寄ってきていた女性社員たちは、蒼汰さんの登場に怯《ひる》んで私から少し離れた。

「こんな大々的に写されちゃったら、もう隠せないね」

「え……？」

何をおっしゃる、蒼汰さん。

結婚はもう少し時間をおいて、それまで付き合っていることは会社では内緒にしておこうねって約束したじゃない～っ。なのにこんなことを言っちゃって……！

私が何も言えずにいると、鮫島くんが出社してきた。

「おはようございまーす。あれ、青山さん、なんですか、ソレ？」

「ああ、これ？　僕と田中さんが雑誌に載ってしまったんだよね。内緒でデートしていたのがバレちゃって」

うわぁぁん！　仕事のための夫婦のフリだったんだって言ってよ――！

「本当ですね。二人、すごくお似合いだ」

「ありがとう」

否定せずにありがとうって言っちゃったよ。ああ、もうだめだ……。これは完全にオープンになってしまった感じだ……

「……というわけだから、皆さん自分のデスクに戻ってください」

しっしっと手を振る鮫島くんは、女性社員たちを追い払ってくれる。

あとでしっかり説明してよねーっという彼女たちの視線を感じながら、私は鮫島くんに視線を向けた。

「……鮫島くん、何もかも知っていたんだね」

「ナイスアシストだったでしょ？」

「うん……とても」

鮫島くんがいなかったら、私たちうまくいっていなかったかもしれないとまで思えてくる。

蒼汰さんが鮫島くんの肩に手を置いて、にっこりと微笑みかける。

「いろいろとありがとう」

「憧れの上司の青山さんと同期の田中さんのためですから。その代わり結婚式は絶対呼んでくださいね」

「もちろん」

蒼汰さんが答える。彼と鮫島くんの間に上司と部下以上の友情めいたものを感じる。仲よさそうに微笑み合う二人を見て私も嬉しくなった。

＊＊＊＊＊

「あーあ。私たちが付き合っているって、バレちゃいましたね」

「嫌だった？」

「ううん……。そんなことはないけど」

できれば内緒のままで今まで通り平穏に過ごしたかったけれど、バレてしまったものは仕方ない。嘘をついて隠すほど秘密にしたいわけじゃない。

オープンになったことで、蒼汰さんが他の女性に狙われるんじゃないかという心配は減りそうだからいいとしよう。

「『ベビすぐ!』の担当者に頼んでおいた甲斐《かい》があったな」

「ん?」

――ま、まさか、ここまで仕組まれていたことだったなんて。

どこまでも抜かりない人だと感心してしまう。

「これで琴美のことを堂々と彼女だって言える。他の男にとられるんじゃないかって心配が少し減ったかな」

「それ……。私も思っていました」

「え?」

お互いの顔を見合わせて噴き出す。

同じことを考えていたなんて。

会社からの帰り道、二人で並んで歩く。同じ速さで、同じ景色を見ながら同じ方向を向いて。

そんな普通のことですら特別に思えて幸せを感じた。

会社にバレてしまって、これからどうなるか不安な部分もあるけれど、きっと蒼汰さんとなら大丈夫だよね？

「今日はまっすぐ帰る？」

「うん。その予定だよ」

「早く俺のマンションに住めばいいのに。あ、それか新居を建てようか」

蒼汰さんのマンションに住むってことは、同棲、もしくは本当に結婚ってことだよね……

私と蒼汰さんが一つ屋根の下で生活しているところを想像して恥ずかしくなる。

「何想像してんの？　琴美のエッチ」

「ええ？」

エッチなことなんて、何も――！　と言いたいところだけど、二人で住むってことは……の先にそういう想像もちゃっかり含まれていたので否定できず、ますます赤くなるばかり。

「俺はいつでも準備できているんだけどな」

「そうなの？」

「だから婚姻届渡したんでしょ？　この辺の役所だと、戸籍謄本って出してから三ヵ月以内が期限になってるからね。効力のあるうちに書類を提出しような」

ひゃああ、三ヵ月！

結婚できたらいいな、子どもが欲しいな、という遠い夢のような話だったのに、急に現実味が増してきて鼓動が速くなってきた。

「とりあえず、俺の部屋に行って、ゆっくりと今後のことについて話そうか」

「……ゆっくり？」

「そ。ベッドの上で、ゆーっくり」

耳元で甘く囁《ささや》かれて、腰が砕けてしまいそうになる。

田中琴美、二十七歳。彼氏持ち。

この強引執着系彼氏には、到底敵《かな》わなそうです——

～大人のための恋愛小説レーベル～

ETERNITY
エタニティブックス

ETERNITY Rouge
エタニティブックス

エタニティブックス・赤

男友達の、妻のフリ!?
ヤンデレ王子の甘い誘惑

小日向江麻《こひなたえま》

装丁イラスト／アキハル。

25歳の平凡OL、吉森凪《なぎ》には、非凡な男友達がいる。イケメン芸能人の、浅野理人《りひと》だ。ある日凪は“演技にリアリティを持たせたいから”と、理人にプライベートで妻のフリをするよう頼まれる。夫婦関係はあくまで演技、のはずが……両親への挨拶に、同棲に、さらには毎晩の濃厚な夫婦生活!? ヤンデレ王子との、淫らで危険なラブストーリー！

※エタニティブックスは大人の女性のための恋愛小説レーベルです。ロゴマークの色で性描写の有無を判断することができます（赤・一定以上の性描写あり、ロゼ・性描写あり、白・性描写なし）。

詳しくは公式サイトにてご確認ください。
http://www.eternity-books.com/

携帯サイトはこちらから！

年齢＝彼氏ナシを更新中の未散《みちる》、26歳。ある日彼女は、酔ったはずみで、社内一のモテ男・笹森《ささもり》に、いまだに男性経験がないことを嘆いてしまう。すると彼が「それなら俺で試してみる？」と誘ってきた！　おまけに、そのまま彼と付き合うことになったけれど、この関係は、会社では絶対秘密だと口止めされて!?

B6判　定価：640円+税　ISBN 978-4-434-23760-7

藍川せりか（あいかわせりか）
8月21日生まれ、心配性のA型。お酒が大好きなのにビールが飲めないという残念な人。俺様セレブとマッチョが大好物。ラブコメ命、ラブコメ道驀進《ばくしん》中！

イラスト：無味子

恋《こい》は忘《わす》れた頃《ころ》にやってくる

藍川せりか（あいかわせりか）

2017年10月31日初版発行

編集－黒倉あゆ子・羽藤瞳
編集長－塙綾子
発行者－梶本雄介
発行所－株式会社アルファポリス
〒150-6005 東京都渋谷区恵比寿4-20-3 恵比寿ｶﾞｰﾃﾞﾝﾌﾟﾚｲｽﾀﾜｰ5F
TEL 03-6277-1601（営業） 03-6277-1602（編集）
URL http://www.alphapolis.co.jp/
発売元－株式会社星雲社
〒112-0005東京都文京区水道1-3-30
TEL 03-3868-3275
装丁イラスト－無味子
装丁デザイン－ansyyqdesign
印刷－図書印刷株式会社

ISBN978-4-434-23899-4 C0093